GÖKHAN GÖKSEN

CHARLOTTE UND FATIMA

SIXTHKYŪ

IMPRESSUM

Copyright © 2022, erste Fassung

Sixthkyu Verlag, Oberlandstrasse 70, 8610 Uster, Schweiz

Vertrieb: SüdOst Service GmbH, Waldkirchen

Lektorat und Korrektorat: Maria Rumler und Sixthkyu Verlag

Umschlaggestaltung und Typografie: Arndt Watzlawik, Zürich

Fotografie Titelseite: iStock

Druck und Bindung: Sieprath GmbH, Aachen

ISBN 978-3-9525522-4-7 (Taschenbuch)

ISBN 978-3-9525522-5-4 (E-Book)

Für meine Mutter
Selma Göksen Madenlibas

Rien ne va plus – Nichts geht mehr
Der natürliche Verlauf des Lebens

Ich weiß nicht, wo ich anfangen soll, aber das Einzige, was mir gerade einfällt, ist Folgendes:

»Mama, du nervst.«

»Mama, du bist voll peinlich.«

»Mama, ich find nichts wieder, wenn du aufgeräumt hast.«

»Nicht jetzt, Mama, später, vielleicht.«

Ach ja, das sind die üblichen Worte meiner Kinder, jede Mutter geht durch diese Phase. Wenn die Kinder sich von den Eltern abnabeln, gibt es nichts, was diesen Prozess aufhält. Man sollte wohl meinen, dass mich, Mutter zweier Kinder, solche Aussagen nicht treffen, doch an einem schlechten Tag, nach einem Streit bei der Arbeit oder einer anstrengenden Einkaufstour in der Stadt verletzen sie mich. Ich bin nicht immun gegen die Worte meiner Kinder.

Mein Sohn ist fünfzehn, meine Tochter gerade mal zwölf Jahre alt, sie sind wilde Teenager, sie sind meine Goldschätze. Gerade deshalb tut es ja auch kurz weh. Früher funktionierten wir durch die bedingungslose Liebe und das unerschütterliche Vertrauen, das sie mir gegenüber, dem Anker ihres Lebens, entgegenbrachten. Jede Umarmung, jeder Kuss war selbstverständlich, sie kannten keine Scheu vor mir. Ich war der Mittelpunkt ihrer Welt, ich war die, die alles wusste. Doch der zehnte Geburtstag läutete einen Wandel ein. Mit einem Mal wurden sie größer, sie hörten gar nicht mehr auf, zu wachsen.

Ich erinnere mich genau an die Geburten meiner Kinder. Es gibt ja Mütter, die sagen, sie haben das nicht mehr vor Augen, es sei alles wie hinter einem Schleier verborgen. Ich bin froh, dass sich kein Schleier über meine Erinnerungen gelegt hat. Erinnerungen an das Glück, das ich gespürt habe, als mir mein eigenes Baby zum ersten Mal in die Arme gelegt wurde. Erinnerungen daran, wie ich es zum ersten Mal gestillt habe. Erinnerungen daran, wie sich die zarten Lider hoben und mich mein eigenes Kind erblickte. Meinem Ehemann Andrew, der seine Gefühle oft zurückhält, standen Tränen in den Augen, als er das viereinhalb Kilo schwere Bündel in seinen Armen hielt. Mit bebender Stimme verkündete er seinen Eltern am Telefon, nun einen Sohn zu haben.

Später erfasste ihn beim Anblick seiner Tochter der gleiche Stolz. Andrew küsste sanft Brians kleine Stirn und sah seinen Sohn mit all der Liebe an, die ein Mensch fähig ist zu geben. Drei Jahre später umklammerte Dianas kleine Hand Andrews Zeigefinger. Gerade einmal drei Kilo brachte sie auf die Waage. Mit ihren rosig zarten Lippen und ihren weichen Wangen zeigte sie uns das schönste Lächeln der Welt.

Tja, die Zeit rast. Ehe ich mich versehe, gehen meine Babys in die reguläre Schule und ich bin zur nervenden und peinlichen Mutter mutiert. Ach ja, ach ja, aber ich schweife ab. Vielleicht stelle ich mich erst mal vor: Ich bin Charlotte.

Als Kind habe ich diesen Namen gehasst, ich wurde »Carotte« genannt. In der Schule hat man seinen Spitznamen weg, sobald ein Junge in der Klasse anfängt, sich über einen lustig zu machen. Kleine Mädchen haben ja kein Interesse daran, andere Mädchen zu ärgern. Das ändert sich natürlich, sobald sich die Mädchen mit der Pubertät in kleine Biester verwandeln. Du brauchst nur aus Versehen zwei verschiedenfarbige Socken anzuziehen oder vergessen, dir die Haare zu kämmen, und schon wirst du von den angehenden Frauen zutiefst verachtet.

Ausgerechnet auf dem Schulhof hat Billie damit angefangen. Er zog an meinem Pferdeschwanz und rief: »Carotte, Carotte!« Die umstehenden Jungs wiederholten meinen neuen Spitznamen im Chor. Es hat mich damals so geärgert, ich schämte mich für meinen Namen. Als ich an diesem Tag von der Schule nach Hause kam, warf ich meiner Mutter Monica vor, mir einen scheußlichen Namen gegeben zu haben. Meine liebe Mama lachte nur und sagte:

»Ach, ich habe dich so lieb. Der Name Charlotte fiel mir direkt ein, als ich zum ersten Mal dein hübsches Gesicht erblickte. Und dein Vater konnte nichts dagegen einwenden.«

Sie tätschelte meinen Kopf, küsste meine Wange und erhellte damit meinen düsteren Tag. Zufrieden trabte ich nach draußen, um zu spielen. Mein Spitzname war irgendwann so ausgelutscht wie eine Zitrone. Je älter ich wurde, desto seltener nannte man mich Carotte. Dennoch hätte ich mir in der Schule manchmal gerne ein Loch gegraben, um mich darin zu verstecken und auf die Zeit zu warten, in der ich endlich ich selbst sein durfte. Nun ja, aber heute weiß ich, dass ich in diesem Loch jahrelang gesessen hätte. Es dauert unglaublich lange, bis man es schafft, sich selbst treu sein und zu sich zu stehen.

Geboren bin ich im Haus meiner Eltern in Milton Keynes. Meine Mutter Monica erzählte mir oft, dass sie am Tag meiner Geburt keine Zeit mehr gehabt habe, um ins Krankenhaus zu fahren. Kaum hatten die Wehen eingesetzt, war es auch schon losgegangen. Mein Vater war bei der Arbeit, sie hatte gerade noch die Möglichkeit, die Hebamme Myra von nebenan anzurufen, die zum Glück zu Hause war. Wenn sich meine Mutter später mit Freundinnen über diesen Tag unterhielt, lachten sie und zogen mich damit auf, dass ich schon im Mutterleib meinen Willen durchsetzen wollte.

»Die hat es aber wieder eilig, so wie bei der Geburt. Aber nein, Charlotte, du darfst jetzt nicht aufstehen, wir essen noch.«

Solche Sätze musste ich mir oft anhören.

Clara ist meine ältere Schwester und John mein jüngerer Bruder. Zusammen mit unserem Vater William waren wir also zu fünft. Der redete zwar viel über die Krisen unserer Gesellschaft, aber politisch aktiv war er nicht. Mit meiner Mutter, die sich eigentlich allein um uns kümmerte, konnten wir recht gut leben. Meine Worte klingen eventuell hart, aber so meine ich das gar nicht. Meine Eltern hatten uns Kindern mit ihren bescheidenen Mitteln einiges ermöglicht. Ich liebe sie genauso, wie mich meine Kinder lieben. Es gibt zwar mal die eine oder andere Schwierigkeit, sie heißen nicht jede meiner Entscheidungen gut oder mischen sich in mein Leben ein. Aber welche Familie ist schon perfekt?

Mein Vater William erhielt kein hohes Gehalt, er war Beamter im Bereich der Steuerverwaltung. Er war kein Vorgesetzter oder höherer Steuerbeamter, aber immerhin kam das Gehalt pünktlich. Im Gegensatz zu anderen Arbeitnehmern, die mal zum Monatsende, mal erst zum Monatsanfang ihr Gehalt bekamen, konnte mein lieber Papa sich darauf verlassen, seinen Lohn regelmäßig an einem bestimmten Tag zu erhalten. Später sind ja Gesetze erlassen worden, die regelten, dass der Lohn pünktlich auf dem Konto eingeht. Arbeitgeber oder Banken konnten damit nicht noch Spekulationen oder Tagesgelder einbuchen. Wer es zu bunt trieb, den holte irgendwann der Gesetzgeber.

Entschuldigung, ich langweile Sie, ich komme wieder zurück zu meinem Leben.

Schule war für mich selbstverständlich, aber als angehender Teenager wechselte ich auf eine Mädchenschule, in der es mir schnell langweilig wurde. Der Appell, brav zu sein, war allgegenwärtig. Ich sollte im Unterricht aufpassen und gute Noten nach Hause bringen. Dazu kamen die ständigen Ermahnungen meiner Mutter Monica. Sie hielt meine Schwester Clara und mich auch im Haushalt auf Trab. Wir mussten aufräumen, putzen, kochen und Geschirr spülen. John behandelte sie hingegen wie einen Pascha. Der hatte es als Nesthäkchen und Junge weitaus besser erwischt. Der konnte relaxen und mit seinen Eiern spielen, später als Teenager sowieso. Dass er es als Junge besser erwischt habe, dachte ich sehr lange. Ständig wurde ich wütend, wenn er in seinem Zimmer hockte, während ich wieder und wieder die Wäsche einholen, bügeln oder in der Küche das Geschirr abwaschen durfte.

Aber nun, Jahre später, sehe ich meinen Bruder aus einem anderen Blickwinkel. Jetzt, da er ein erwachsener Mann ist, ist er so unselbstständig, so ziellos. Besonders nach dem –, na ja, Sie wissen ja, aber ich komme später drauf zu sprechen. Er trifft wichtige Entscheidungen so unbedacht. Nach außen hin wirkt er auf andere vielleicht selbstsicher, aber dann tut er Dinge, bei denen ich mir denke: Mensch, werd langsam mal erwachsen, Junge.

Ich denke, dass es ein Fehler ist, wenn Jungs zu lange verwöhnt werden. Als Eltern muss man ihnen einen Rahmen geben, an dem sie sich orientieren können.

Unser Haus in Milton Keynes war recht klein; in das Zimmer von Clara und mir passten gerade mal zwei Betten und eine Kommode mit Spiegel. Diese scheußliche gelbe Blumentapete hat sich wohl für immer in mein Hirn gebrannt. John schlief bis zu seinem neunten Lebensjahr im Schlafzimmer unserer Eltern. An seinem zehnten Geburtstag erhielt er keine Geschenke, sondern ein eigenes Kinderzimmer. Es war nicht viel größer als unser Kinderzimmer, aber als mir klar wurde, dass meine Eltern extra für ihn ein Zimmer im Dachboden hergerichtet hatten, fraß sich eine hässliche Eifersucht in mein Herz.

Ich hätte wohl damit rechnen müssen. Unsere Eltern wollten halt mehr Privatsphäre; ein Kind wird zu einem jungen Mann, der natürlich nicht im Schlafzimmer seiner Eltern leben kann. Am Anfang, also bei uns im Haus, teilten sich Diana und Brian auch ein Zimmer.

Irgendwann bat Andrew mich darum, zwei Kinderzimmer einzurichten, und ich war der gleichen Meinung.

»Brian und Diana, jeder von euch bekommt ein eigenes Zimmer.«

Unsere Kinder hatten sich richtig gefreut. Doch es war von uns nicht ganz uneigennützig.

Aber ich schweife schon wieder ab, ich springe von einem Thema zum nächsten, also, noch mal zurück zu meiner Familie. Clara und ich hatten es gut, wir verstehen uns, sie und ich sind unzertrennlich. Das Vertrauen unter Geschwistern kann ein unglaublich festes Band im Leben knüpfen, das niemand zu lösen vermag. Blut ist dicker, wie man sagt. Unsere Kindheit war nicht besonders aufregend, wir kabbelten uns, wurden mal lauter. Auch der übliche Krach zwischen den Eltern, bei dem es auch ganz schön ernst werden konnte, kam schon mal vor. Meine Mutter und mein Vater schenkten sich in ihren Ansichten manchmal nichts, sie wollte das letzte Wort haben, aber leider bekam er es immer.

Aber es passierte nichts Dramatisches, wie zum Beispiel bei Sally, einer Mitschülerin. Die Nachbarn glotzten wie Schafe auf das Haus, in dem Sallys Vater, Mr. Barnett, verhaftet wurde. Was er getan hat? Tja, er hat doch einfach auf seine Frau geschossen, zwölf Schuss. Und was hat Ms. Barnett getan? Sich die Bibel vor die Brust gehalten und just in dem Moment angefangen zu beten. Das erzählen zumindest die Leute. Die zerfetzte Bibel war blutdurchtränkt. Und jetzt stellen Sie sich das mal vor: Die tief religiöse Frau hat überlebt und kam wieder auf die Beine. Es waren andere Zeiten. Ich bin der Meinung, dass es heute undenkbar wäre, aber damals dachte Ms. Barnett wohl, sie habe keine andere Wahl, als ihren Mann zurückzunehmen.

Anfangs wollte sie die Scheidung, aber das haben ihr dieser idiotische Pfarrer, diese idiotische Gemeinde und ihre idiotischen Freundinnen, die ja natürlich »nur das Beste« für sie wollten, ausgeredet. Und Sally? Ja nun, aus der jungen Sally Barnett war eine starke Frau geworden. Sally Vale Rideout, heißt sie nun, wurde Nachrichtensprecherin. Die Vergangenheit hat sie gezeichnet, sie muss große Narben in Sallys Seele hinterlassen haben. Aber es hatte sie nicht umgehauen. Es war etwas anderes, das sie umgeworfen hat: Ihr Ehemann Marcus Vale Rideout starb. Das hat sie verändert. Ich habe nie mit ihr persönlich darüber geredet, habe es erst später erfahren. Als Fernsehmoderatorin braucht man ja eine gewisse Ausstrahlung, aber die konnte sie nicht mehr halten, so einfach dahingesagt: Ihre Professionalität kam beim Fernsehen nicht mehr rüber. Ich hab gehört, dass sie nun im Management einer großen Lebensmittelagentur arbeitet. Oder ist sie Produzentin? Ach, ich hab keine Ahnung, was sie jetzt macht. Ich hoffe, sie geht ihren Weg und findet ein neues Glück.

Also, wieder zurück zu mir: Luxus war mir als Kind fremd. Meine Mutter unterrichtete in der Sonntagskirche. Sie nahm auch Kleiderspenden von der Gemeinde für uns mit. Gut erhaltene Blusen, Hosen, Pullover und anderen Plunder brachte sie nach Hause. Auch für sie war manchmal etwas dabei. Meine Mutter meinte immer, es tue ja nicht weh, Kleidung aus zweiter Hand zu tragen. Zum Winter strickte Mama scheußliche Pullover. Sie war nicht besonders stilsicher. Die unförmigen Dinger waren in einem Rot- oder Blauton mit viel Schwarz oder Grau.

Das Interesse an Handarbeiten war schon am Aussterben, doch ab und zu verdiente sich meine Mutter damit ein paar Pfund extra. Besonders gefragt waren die kunstvollen Tischdecken, die sie häkelte und die ihr von reichen Londoner Damen aus den Händen gerissen wurden. Manchmal durften Clara und ich auch mithelfen. Am Anfang munterte mich meine Mutter immer wieder dazu auf, besser aufzupassen.

Darauf folgte eine Korrektur, indem sie den Faden mit den Fingern zurück hob und den Haken richtig einfädelte, doch irgendwann hatte ich den Dreh beim Häkeln raus. Als ich meine eigene Tischdecke bis zum Ende schön korrekt gehäkelt hatte, war meine Mutter sehr stolz auf mich. Nun würde auch ich zum Taschengeld für schlechte Zeiten beitragen, sagte sie. Dieser Beitrag zur Familienkasse versiegte, als ich meine Ausbildung begann.

Meine Mutter gehörte zu den letzten, die solche Arbeiten ausführten, es warf ja kaum noch ein Pfund ab. Aber das Stricken und Häkeln beruhigte ihre Nerven, wie sie mir später sagte. Reisen oder Ausflüge, ein Restaurant-, Kino- oder Theaterbesuch waren für uns purer Luxus.

Meine Mutter ging mit uns alle zwei oder drei Monate in ein Café in Milton Keynes. Wir durften uns ein Stück Torte aussuchen und eine köstliche heiße Schokolade trinken. Erst später habe ich begriffen, wie schwer es meiner Mutter gefallen ist, ihr hart verdientes Geld auszugeben, um uns etwas zu gönnen. Sich selbst erlaubte sie nur einen einfachen Scone oder Shortbread, während wir Simnel Cake oder Schokoladentorte schlemmten. Ich wählte meistens ein Stück von der Fruchtsahnetorte, und meine Mutter bezahlte gern dafür. Aber es kann gut sein, dass bei solch einem Café-Besuch eine gehäkelte Tischdecke, an der wir eine ganze Woche gearbeitet hatten, draufging. Sie wissen ja, wie das als Teenager ist. Da will man seine Mutter manchmal zum Mond schießen können, oder daran vorbei. Hach, wie genau ich mich an diese herrliche Zeit erinnere.

Während meiner Kindheit dominierte Margaret Thatcher England. Sie regierte als Premierministerin von Großbritannien über die ganzen britischen Gebiete. Sie war die Eiserne Lady, ungefähr bis zu meinem zehnten Lebensjahr. Soll ich jetzt schlecht über sie reden? Ach, komme ich mal wieder auf meine Familie zu sprechen.

Clara kam 1977 auf die Welt und ich 1980, John erst 1984. John, ein glücklicher Unfall, aber seit wann sind

Unfälle glücklich? Ich mache nur einen Scherz, ich liebe meinen Bruder. Na ja, sei es drum.

Mein Vater William ließ sich am Frühstückstisch über die Politiker aus. Aber er hatte immerhin einen sicheren Arbeitsplatz, der unser Auskommen sicherte. Seine Leibspeise waren zwei weich gekochte Eier und dazu längs geschnittenes Toastbrot zum Eintunken; das gab es jeden Sonntag zum Frühstück.

Kurze Frage, Doktor Miller: Wie lange haben wir denn noch bei der ersten Sitzung?

»Wir haben noch genug Zeit, Ms. MacDonald.«

Oh, gut, dann fahre ich fort. Mir fallen aber so viele Dinge ein.

»Kein Problem, wie gesagt, so lange die Zeit läuft, dürfen sie über alles reden.«

Hmm… Meine Mutter liebte Milchreis, den ich überhaupt nicht vertrage, ein bissen und mir wird regelrecht schlecht. Das sollte meiner Hauswirtschaftslehrerin Ms. Dummnuss in der achten Klasse eine Lehre sein, na ja, okay, sie heißt eigentlich Ms. Doover. Ich hatte sie noch gewarnt, dass ich keinen Milchreis vertrage, aber sie musste mich ja zum Essen zwingen. Sie drohte mir mit einer schlechten Note, wenn ich nicht probieren würde. Ich tat ihr also den Gefallen und rannte kurz darauf aus dem Gemeinschaftsraum und übergab mich noch im Flur auf dem Weg zur Toilette. Zum Glück musste ich die ganze Sache nicht reinigen.

Rituale sind wichtig für Kinder. Die Eltern leben einem diese vor. Das fängt beim Aufstehen an, Gesicht und Hände waschen, sich umziehen, das Frühstück vorbereiten, die Arbeit beziehungsweise die Schule besuchen, das Mittagessen, die Hausarbeit beziehungsweise die Hausaufgaben erledigen und endet mit dem, ja, mit dem Abendessen. Und mit der Vorbereitung auf die Nachtruhe. Als Mädchen wusste ich nie, wann genau etwas stattfindet, besser gesagt, es hat mich nicht interessiert, weil ich mich einfach an Clara orientiert habe. Meine geliebte große Schwester passte auf uns Jüngeren auf, sie hatte einen großen Einfluss auf mein Benehmen. John hatte nur Schabernack im Sinn und spielte Streiche, so oft es ging. Meine Mutter tadelte ihn nicht, sondern nahm ihn in Schutz, weil er ja so jung sei. Verstehen Sie mich nicht falsch, wie gesagt, ich liebe meinen Bruder, er hat viele positive Eigenschaften, auch wenn er weniger selbstständig ist. Bestimmt hat er deswegen keine langen Beziehungen, die Frauen mögen keine unselbstständigen Männer. Als Kind spielte ich Seilspringen, Fangen und Verstecken. In der Schule gab es das Spiel:

Wer hat Angst vorm schwarzen Mann?

Und die Kinder rufen:

Niemand!

Und wenn er kommt?

Dann laufen wir davon!

Aber heute ist es verboten, gilt als zu rassistisch. Das Political-Correctness-Dogma überall, ich weiß nicht, ob das wirklich gut ist, aber na ja, was weiß ich schon. Ich bin eine weiße Frau, ich verstehe daher die Political Correctness nicht immer. Aber ich komme am besten zurück zu meiner Familie. Die Maria Stuart Paul Catholic School ist eine gute Schule in Milton Keynes. Dort habe ich den Menschen, der mich immer aufbaute und unterstützte, kennengelernt: meine beste Freundin Fiona, langjährige Klassenkameradin und Lebensgefährtin. Schön, wenn Geheimnisse bei vertrauten Menschen bleiben, als Kind in der Schule ist das wichtig. Fiona ist und bleibt etwas Besonderes in meinem Herzen. Sie starb viel zu früh – auch in London, ach ja, ach ja.

»Ms. MacDonald, das war für die erste Sitzung sehr gut. Leider ist die Zeit nun vorbei, aber Sie können beim nächsten Mal weiterreden.«

Oh, schon, ja, gut, dann werde ich jetzt gehen.

»In zwei Tagen ist der nächste Termin. Auf Wiedersehen!«

Auf Wiedersehen!

Fatimas Fragen an Gott

Warum tust du mir das an?
Was habe ich dir getan?
Bin ich denn keine gute Muslima?
Ich habe immer dich geehrt, immer dich angebetet.
Ich verstehe nicht, wie du das zulassen konntest.
Ich habe mich bewusst für den Glauben entschieden.
Es ist alles so sinnlos, so unglaublich sinnlos.
So unfair, dass mir das passieren musste.
Dass ich leiden muss,
dass du mir das Schönste und Liebste genommen hast.
Wie konntest du nur!
Ich leide, mein Herz, mein Herz tut so weh.
Ich habe Atemnot,
solche Schmerzen hatte ich noch nie im Herzen.
Warum soll ich beten?
Warum soll ich überhaupt noch etwas tun?
Warum durfte ich nicht sterben?
Ich verfluche alle, so wie man mich verflucht.
Alle sollen sie mich in Ruhe lassen.
Sie wissen nichts und urteilen über mich.
Und du lässt das zu!
Warum tust du mir das an?
Warum?
Antworte mir!

Sind Sie bereit?

Wofür?

Na, für die Geschichte.

Wie jetzt?

Es fängt gerade erst an!

Für Hussain

Es geschah in einer Frühlingsnacht
als mich meine Liebe zu Dir gebracht.
Ich sah nur Dich, mein Sonnenschein
und vergaß das meine.
Dein Lachen, Deine Augen
die mich so glücklich machen.
Meine Gedanken sie irren umher
sie wissen nur eins:
Sie lieben Dich sehr.
Deine Hände mit ihren sanften
Berührungen, die misse ich so sehr!
Alleine sein ist schwer.
Herz, oh Herz, wie tut das gut
Seit es Dich – meinen Hussain – gibt.
Ich vermisse Dich.
Mein geliebter Hussain!

»Mama, hast du wieder aufgeräumt?!«, tönt es durchs Haus.

»Ja, natürlich, den Saustall in deinem Zimmer halte ich nicht aus!«, schallt es zurück.

»Ich finde nichts wieder!«

»Dann kannst du mal selbst aufräumen, Brian.«

»Mama! Ich habe ein wichtiges Spiel!«

»Was suchst du überhaupt?«

»Meine Cricket-Handschuhe.«

»Sag das doch! Die habe ich in deine Trainingstasche getan.«

»Endlich! Ich muss los.«

»Soll ich dich hinfahren, Brian?«

»Nein, alles gut. Ich nehme das Fahrrad.«

Charlotte weiß, Brian ist mit seinen fünfzehn Jahren in der Pubertät und meint es nicht böse. Und egal, was kommt, ihr Sohn bleibt nun mal ihr Sohn. Aber heute tut es ihr weh, dass er so mit ihr spricht, es tut ihr auch weh, dass er gelegentlich vergisst, Bitte und Danke zu sagen.

Diana ist noch nicht so weit, ihre Tochter ist gerade erst zwölf Jahre alt geworden. Sie hat ihren Geburtstag am vorherigen Abend mit ihren Freundinnen im Haus gefeiert, natürlich extrem laut.

Während Brian Cricket liebt, blüht Diana beim Fußball auf. Laut ihrem Coach zeigt sie eine Begabung für den Spielaufbau und Spielwitz. Charlotte hat für Sport nichts übrig, sie treibt ein wenig Fitness und stemmt ein paar

Gewichte, aber sobald sie aus der Puste kommt, hört sie lieber auf. Nicht so ihre Tochter. Die gibt alles und ruft gerade durchs Haus:

»Mama, fährst du mich bitte zum Fußball?«

Na immerhin, als Mutter werde ich noch gebraucht, denkt Charlotte.

»Ja, mein Liebes, bist du bereit?«

»Ja, habe schon alles in der Sporttasche.«

Andrew, ihr Ehemann, und Charlotte haben nach dem Börsencrash 2010 das schicke Haus in der Nähe der Wimbledon-Tennisanlage gekauft. Mit seinen dunkelroten Backsteinen, dem Erker und dem Türmchen wirkt es fast mystisch, ein Schmuckstück, und laut Andrew ein Schnäppchen. Er meinte, sie müssen sofort zuschlagen, sonst ärgerten sie sich später über die gestiegenen Immobilienpreise.

Charlotte fasst sich im lichtdurchfluteten Hausflur mit den weiß gestrichenen Wänden an den Kopf: »Kleinen Moment, Diana, muss nur noch die Tasche und den Autoschlüssel holen.«

Sie eilt in den ersten Stock, betritt das hellblau gestaltete Schlafzimmer, greift nach ihrer Handtasche auf dem Holzbett mit dem roten Bettlaken und der gelben Bettdecke. Sie wirft einen Blick in den Standspiegel, fährt mit der rechten Hand durch ihr hellblondiertes Haar und lächelt. Sie achtet darauf, nicht peinlich aufzufallen, nicht so wie ihre Mutter, die mit Lockenwicklern aus dem Haus ging. Charlotte möchte nicht, dass Diana sich ihretwegen wünscht, im Erdboden zu versinken.

Im Gegensatz zu Brian bedankt sich Diana noch bei ihrer Mutter. Charlotte möchte ihrem Sohn erklären, dass Höflichkeit ihn weiterbringen würde. Aber sie schiebt das

Gespräch vor sich her. Irgendwann kommt der passende Moment dazu, so hofft sie.

Es ist März 2022. Weihnachten und Sylvester sind drei Monate vergangen; es wird wohl das letzte Mal gewesen sein, dass sie als Familie zusammen gefeiert haben. Brian hatte das neue Jahr unbedingt allein mit seinen Freunden begrüßen wollen. Charlotte hatte ihn nur mit Müh und Not davon überzeugen können, noch ein weiteres Jahr darauf zu warten. Er wird bald sechzehn, sie kann ihn nicht ewig an sich binden. Ihr kleiner Junge wird erwachsen, reift zu einem Mann heran. Das zu akzeptieren und zu realisieren, fällt Charlotte manchmal sehr schwer. Ihre ältere Schwester Clara hatte ihr in einem persönlichen Gespräch gesagt, dass es der natürliche Lauf des Lebens sei und dass sie als Mutter bei ihrem Sohn Josh genauso daran zu knabbern habe.

Während Charlotte die Treppe herunter läuft, ruft sie zu Diana:

»So, wir können los!«

»Gut. Ich nehme die Trainingstasche.«

Diana und Charlotte gehen vom Flur in die Garage und steigen in das rote Saab Cabrio mit schwarzem Schiebedach. Andrew kümmert sich leidenschaftlich um das ältere Auto und hält es durch seine aufwendige Pflege in Schuss. Mit Brians Hilfe wechselt er regelmäßig Öl, prüft den Reifendruck und hält die Türdichtungen geschmeidig. An den Wochenenden waschen und polieren die beiden den Saab, bis das kräftige Erdbeerrot in der Sonne funkelt.

Nach wenigen Minuten erreichen Charlotte und Diana den Wimbledon-Fußballplatz. Mit den öffentlichen Verkehrsmitteln wäre es hingegen eine halbe Weltreise gewesen. Charlotte hält auf dem Parkplatz und fragt, während Diana aussteigt:

»Soll ich dich später noch abholen?«

»Danke, Mama, aber wir haben noch Mannschaftsbesprechung.«

»Ach so, aber dann fahrt ihr gemeinsam zurück? Du und Judy?«

»Ja, Judy kommt erst mal mit zu uns.«

»Okay. Soll ich Snacks vorbereiten?«

»Hmm… ja, warum nicht. Vielleicht essen wir nach dem Training Fish and Chips mit der Gruppe. Also nicht zu viel.«

»Okay, bis später! Ach ja, viel Spaß beim Training!«

Charlotte steigt aus und geht mit geöffneten Armen auf ihre Tochter zu, doch diese klatscht nur ihre ausgestreckte Hand ab und ruft im Weggehen:

»Danke, Mama, bis später!«

Charlotte seufzt und steigt wieder ins Auto. Sie sieht ihrer Tochter im Rückspiegel hinterher und erkennt Judy, die Diana um den Hals fällt. Zusammen schlendern die beiden auf den Fußballplatz zu. Judy und Diana pflegen einen guten Umgang miteinander, findet Charlotte. Sie hört die beiden nie über andere lästern.

Charlotte ist froh darüber, dass ihre Tochter eine gute Freundin hat. Sie selbst kennt ihre beste Freundin seit dem ersten Schultag. Als Fiona und sie sich zum ersten Mal in ihren zu groß geratenen Uniformen nebeneinander setzten, war ihre beste Freundschaft schon besiegelt. Heute treffen sie sich einmal im Monat und telefonieren jeden zweiten Tag. Fiona ist ein zweites Mal verheiratet. Charlotte denkt auf der Fahrt nach Hause an Fionas erste Hochzeit. Sie war noch so jung, ihre Welt war damals rosarot und federweich. Die teure Traumhochzeit mit zweihundert Gästen und den Flitterwochen auf Hawaii erfüllte jedes Klischee. Doch genauso klischeehaft ging die erste Ehe mit Ralph in die Brüche. Als Fiona sechzehn Monate nach der Hochzeit früher von der Arbeit kam, sah sie Ralphs feste Pobacken zwischen Rebeccas Schenkeln auf- und niedergehen. Sie reichte die Scheidung ein und die Ehe war vorbei. Neben dem Schmerz, den Ralph ihr zugefügt hatte, musste Fiona sich von Freunden Sätze anhören wie: »So ein Schuft, so ein Idiot. Aber ich hatte irgendwie geahnt, dass der nicht ganz sauber ist.«

Charlotte sagte nicht viel, hörte Fiona nur zu, Tage, Wochen, Monate. Sie fühlte sich nicht imstande, die richtigen Worte für Fionas Situation zu finden. Indem Charlotte ihr zuhörte, bot sie ihrer besten Freundin genau das richtige Mittel, das die Wunde langsam heilte. Sie baute Fiona wieder auf, hatte unendlich viel Geduld, hörte zu und gab nur Ratschläge, wenn Fiona sie darum bat. Nur beste Freundinnen können das. Charlotte half Fiona, wieder an sich selbst zu glauben. Besonders am Anfang half sie, den Riss im Selbstbewusstsein ihrer besten Freundin zu kitten.

Nun, mit zweiundvierzig Jahren, würde Charlotte nicht noch einmal so leicht eine so liebe Freundin wie Fiona finden. Daher ist es für beide wichtig, regen Kontakt zu halten. Es ist 2022, die Flugtickets sind manchmal günstig, also wollen sie jedes Jahr die Gelegenheit nutzen, um Europa zu erkunden. Sie wollen nach Paris, Kopenhagen, Stockholm, Berlin und Zürich. Sie haben noch so viel zu entdecken.

Charlotte hält spontan am Supermarkt, um Butter, Eier, Mehl, Milch, Zimt und Zitronen zu kaufen. Sie hat

Appetit auf Pancakes bekommen. Sie liebt Zitrone auf Pancakes und das mögen alle in der Familie. Zu Hause angekommen verstaut sie Butter und Milch im Kühlschrank, die anderen Sachen stellt sie auf die Küchenplatte. Sie schaut auf die Wanduhr. Andrew arbeitet bis achtzehn Uhr. Sie entschließt sich, erst einmal die Waschmaschine zu befüllen und zu bügeln. Sie schaltet den Fernseher ein, in dem eine dieser Serien läuft. Ihr gefallen nicht alle neuen Shows im Fernsehen, einige sind ihr zu vorhersehbar, aber sie lässt sich davon berieseln.

Charlotte arbeitet jede Woche von Dienstag bis Donnerstag als Aushilfe beim Histopheles Kaufhaus in London, um die Haushaltskasse aufzustocken. Andrew arbeitet bei der Privatbank Dormand und McAllister, muss manchmal mehr Seelsorge leisten als Auftragsverwaltung erledigen. Die älteren vermögenden Kundinnen plaudern über ihre Katze und erzählen ihm ausführlich, wie schlecht es der gerade geht. Darüber, wo sie ihr Geld am besten anlegen sollten, wollen sie gar nicht reden. Die Arbeitszeiten bei der Bank sind nicht ohne, zum Teil muss Andrew viele Überstunden leisten, aber nur so kommt das Geld rein. Je älter Charlotte wird, desto öfter wünscht sie sich, mehr Zeit mit Andrew zu haben.

Nach jedem Wochenende sind die Kinder kaum aus dem Bett zu kriegen. Montags muss Charlotte Brian fast aus dem Zimmer zerren, weil er bis in die Nacht Computer spielt, sie fragt sich sowieso wie er es schafft dabei so gut zu sein beim Cricket. Diana mag das frühe Aufstehen überhaupt nicht und will an jedem Tag ausschlafen. Charlotte muss ihre Kinder zum Frühstück zwingen. Es kommt ihr so vor, als würde sie jeden Montag die gleichen Sätze mit Diana austauschen:

»Hab keinen Hunger.«

»Oh, nein, junge Dame, ohne Frühstück gehst du mir nicht aus dem Haus.«

»Ach Mama.«

»Nix mit Mama.«

Diana rollt die Augen und würgt mit einer Grimasse ein paar Happen runter.

»Zufrieden?!«

Charlotte und Andrew haben früh gemerkt, dass das Familienleben mit Ritualen besser funktioniert. Auch konsequente Strafen und Absprachen untereinander sind für sie wichtig. Ein stetiger Lernprozess für die Kinder, aber auch für die Eltern. An diesem Abend wollen Charlotte und Andrew ihre Überraschung für die Kinder besprechen. Zu ihrer Freude kommt Andrew eine halbe Stunde früher nach Hause.

»Hallo Babe.«

»Hallo Schatz.«

»Wie geht es dir?«

»Ach, wie üblich, Montag halt. Brian mochte nicht aufstehen und Diana musste ich auch aus dem Bett zerren. Sonst ganz gut. Und bei dir?«

»War ein guter Tag, ausnahmsweise hat Ms. Baker nicht angerufen. Das ist ein Highlight. Und wir haben heute früher Schluss machen können. Weniger Kundenbesuche.« Andrew küsst und umarmt sie. »Ich dusche mich mal schnell ab. Fühle mich verschwitzt.«

»Ja, mach das, ich mache gleich Pancakes.«

»Yes, super. Danke, du bist ein Schatz«, sagt Andrew mit einem Grinsen.

»Mach ich doch gerne.«

Lächelnd geht Charlotte in die Küche. Sie greift nach den Zutaten und mischt diese geübt zusammen. Sie zerlässt ein wenig Butter in der Pfanne und gibt eine kleine Kelle Teig dazu, langsam kann man den süßlichen Duft der Pancakes förmlich in der Luft schmecken. Im Nu stapeln sich dreißig Pancakes auf dem Servierteller. Als Brian das Haus betritt, ist die Pfanne bereits abgetrocknet und im Küchenschrank neben den Töpfen platziert.

»Hey Brian, schön, dich zu sehen! Greif zu. Noch richtig warm.«

»Pancakes? Genial!« Brian legt sich drei Pancakes auf den Teller und überhäuft sie mit reichlich Zitronensaft und viel Zucker.

»Wie lief Cricket?«

»Ymahm, lief, mpf, ganz gut.«

»Brian, kaue doch erst und antworte dann.«

»Sorry, Mom, aber ich habe so einen Hunger.«

In diesem Moment öffnet sich die Haustür. Judy und Diana betreten die Küche und ziehen mit erhobenen Nasen den Duft der Pancakes ein.

»Hi Mom! Hmm, das duftet gut!«

»Hallo Ms. MacDonald. Boah, das ist echt gut.«

»Hi Judy! Möchtest du auch etwas?«

»Danke, aber wir haben nach der Mannschaftsbesprechung gegessen.«

»Ach, habe ich total vergessen.«

Sie schaut zu Diana, aber die antwortet schnell mit erhobener Hand:

»Mom, ich bin auch satt.«

»Verstehe, verstehe.«

Wo hat ihre Mutter nur ihren Kopf, denkt Diana.

»Dann hat Vielfraß Brian mehr für sich.« Sie stupst ihren großen Bruder mit dem Ellbogen in die Seite.

»Ich esse gerne mehrere davon.«

»Hallo Judy, hey Kids! Danke für die Pancakes, mein Schatz«, sagt Andrew, der vom Schlafzimmer in die Küche gekommen ist. Seinen Anzug hat er gegen eine Jogginghose und ein dunkelblaues Shirt getauscht.

Charlotte setzt sich zu den anderen an den Tisch, nimmt sich zwei Pancakes und verteilt ein wenig Zitronensaft und Zucker darüber.

»Und wie war euer Tag?«, fragt Andrew, nachdem er den ersten Pancake gegessen hat.

»Ganz gut, Dad, habe einen Catch erlaufen und damit unseren Sieg gerettet.«

»Super! Und wie ist damit der Platz in der Liga, Brian?«

»Na ja, leider bleiben wir im Mittelfeld, die letzten beiden Spiele hätten wir nicht verlieren dürfen.«

»Ja, ich kenne das Gefühl. Als ich in meiner Fußballmannschaft spielte, kam das auch mal vor. Lang ist es her. Und Diana? Wie läufts beim Fußball?«

Seitdem Charlotte Andrew darauf hingewiesen hat, dass er bei Brian Enthusiasmus zeige, während er bei Diana alles für selbstverständlich nehme, zeigt er mehr Interesse an den Fußballthemen seiner Tochter.

»War ganz okay, würde ich sagen.«

»Wie lief denn das Training?«

»Sehr anstrengend, wir hatten Zirkelläufe mit Konditionstest.«

Andrew wusste zwar selbst wie Zirkelläufe gehen, dennoch fragt er Diana und hört ihr als Vater zu.

»Wie geht das?«

»Der Coach hat uns von links nach rechts auf dem halben Spielfeld laufen lassen, immer mit anderen Lauftechniken. Und dazu Musik, die immer kürzer spielte, also in einer kürzeren Zeit die gleiche Strecke zum Erlaufen.«

»Gut, gut, und jetzt seid ihr k.o.?«

»Ja, das sind wir, Mr. MacDonald.«

»Tja, Lust auf Nachtisch?«

Charlotte sieht auf. Kann es möglich sein, dass ihre Tochter noch etwas isst?

»Ja, jetzt, wo ich die leckeren Pancakes im Raum schmecke.«

Charlotte reicht ihnen lächelnd zwei Teller.

»Also los!«

Beide Mädels greifen sich je zwei Stück.

»Dad, wie war denn so dein Tag?«, fragt Diana kauend.

»Ja, ganz gut, heute weniger stressig als sonst.«

Er denkt an Ms. Baker, die ihren Mann verloren hat und eigentlich das Vermögen verwalten müsste, aber jedes Mal, wenn sie Andrew anruft, weint sie und braucht eine halbe Stunde, um sich zu fassen. Aber heute hat sie nicht angerufen, das ist gut, denkt er sich. Andrew mag Ms. Baker, aber sie hat sich nach dem Verlust von einer lebensbejahenden Frau zu einer unglücklichen Frau, der alles egal scheint, verwandelt. Er versteht, dass sie trauert, aber dass sich ihr ganzes Wesen drastisch verändert hat, beunruhigt ihn.

Charlotte hat ihm erklärt, dass sie sich ebenfalls völlig überfordert fühlen würde, wenn Andrew sterben würde. Die Finanzen wären ihr da erst mal scheißegal.

»Wollen wir noch einen, Judy?«

»Ja, die schmecken echt gut!«

Charlotte lächelt wieder. Auch Brian nimmt sich Nachschlag. Sie plaudern weiter über die Sportsaison der Kinder. Charlotte fragt wenig. Sie hört ihren Kindern lieber zu, solange sie mit ihnen reden. Sie trägt hier und da mal etwas bei, lässt die Kids aber ausreden. Nachdem Judy sich verabschiedet hat und die Kinder auf ihre Zimmer gegangen sind, fragt Charlotte Andrew:

»Also, wo wollen wir mit den Kindern Urlaub machen? Hast du eine Idee?«

»Noch nicht so richtig, aber ich glaube, eine Pauschalreise wäre gut.«

»Ja, Spanien, Türkei oder Italien sind immer gut.«

»Oder etwas Exotisches?«

»Woran denkst du?«

»Thailand oder Amerika. Kanada?«

»Du bringst mich auf Ideen.« Charlotte lächelt.

»Obwohl, Diana schwärmt ja so für die Pyramiden.«

»Ja, könnten wir auch machen. Kairo und Ägypten.«

»Langsam müssen wir uns entscheiden. Es ist schon März. Ob wir noch gute Angebote für Pauschalreisen bekommen?«

»Bestimmt. Lass uns noch einmal drüber schlafen, Schatz. Es ist schon recht spät.«

»Du hast recht. Geh schon mal hoch, ich räum noch schnell auf.«

»Danke. Gute Nacht, mein Liebling.«

Am nächsten Tag muss Charlotte wieder im Kaufhaus arbeiten. Jeden Dienstag der gleiche Trott.

Andrew, deine Hände

Deine Hände, oh, wie lieb ich
Deine Hände.
Sie sind zärtlich, sanft und
Weich, jede Berührung von Dir
Zerschmilzt in mir.
Wenn ich Deine Hände nicht
Spür, vermisse ich sie so sehr.
Sie geben mir alles, was ich
Brauche: Liebe, Geborgenheit,
Schutz und Deine Nähe.
Deine Hände, sie geben mir
Kraft, ich brauche sie.
Deine Hände, und ich brauche
Dich!
Deine Hände sie sprechen Bände,
von Liebe, Geduld, Zärtlichkeit und
Gefühl, gibt acht auf sie,
denn ich brauche sie.
Andrew, wo bist Du,
wenn ich Dich brauche…

Kairo, 8. Juni 2028
Fatima wacht auf

Fatima steht mit ihrem Mann Hussain jeden Tag für das erste Gebet des frühen Morgens auf, sie hört die Muezzins über den Dächern der Stadt singen. Aus jedem Lautsprecher der Moscheen tönen die Gebete, die die Muslime auf den schönen Tag in Kairo vorbereiten. Jeder Tag ist ein Tag, den Gott ihnen schenkt. Fatima dankt ihm für ihr Leben, für ihre Kinder Mohammed, Jaleel, Hanifa und für ihren Mann Hussain. In guten wie in schlechten Zeiten ist der Moment, in dem sie atmen darf, wertvoll.

Ihr Mann steht aus dem Bett auf und geht ins Bad, sie streckt sich im Bett, steht auf und nimmt die türkise Gästetoilette, die gleichzeitig ihr Waschzimmer ist. Innerlich bereitet sie sich auf das Gebet vor. Sie wäscht sich die Hände, das Gesicht, die Ohren, den Mund und die Nase gründlich mit eiskaltem Wasser. Das Ritual vor dem Gebet ist ihr in Fleisch und Blut übergegangen, sie vollzieht es, seitdem sie eine gläubige Muslima geworden ist. Die Gesellschaft, ihre Eltern, ihre Freunde haben immer zu ihr gesagt, sie solle eine stolze Muslimin sein, aber den Glauben, den echten Glauben, hat sie sich erst sehr viel später angeeignet. Es ist etwas anderes, ob dir das Umfeld sagt, dass du eine echte Muslimin bist, oder ob du mit jeder Faser deines Herzens spürst: Ja, ich bin eine überzeugte Muslimin.

Zum Schluss wäscht sie ihre Unterarme und ihre Füße. Nach dem Abtrocknen greift Fatima ihr olivgrünes Kopftuch, formt es mit den Fingerspitzen, faltet es zu einem

Dreieck, hebt es einmal um ihren Kopf, verknotet das Tuch und bindet es mit Haarklammern an ihren Haaren fest. Von der Gästetoilette aus betritt sie den blau-weißen Flur und nimmt den kleinen Gebetsteppich aus der Ecke. Sie geht in das Gästezimmer und rollt den rot-blauen Teppich mit floralem Muster nach Osten, gen Mekka aus. Sie stellt sich aufrecht auf den Teppich, senkt leicht den Kopf und hebt ihre Arme auf die Höhe der Schultern, die Handflächen zeigen nach vorn. Sie sagt: »Allahu akbar.« Danach bückt sie sich und umfasst ihre Knie mit den Handflächen. Sie kreist mit den Beinen nach links und nach rechts, sie kniet sich hin, legt ihren Oberkörper auf den Teppich und spricht dabei sanft, aber bestimmt ihr Gebet.

»Vielen Dank für dieses schöne Leben.«

Nach wenigen Minuten hat Fatima das Morgengebet beendet. Sie geht durch den blau-weißen Korridor zurück ins Schlafzimmer und legt sich ins Bett. Hussain kommt kurz darauf und legt sich zu ihr. Es ist fünf Uhr morgens. Bevor sie die Augen schließt, sagt sie die Worte, die sie jeden Tag spricht:

»Gott sei Dank.«

Fatima hat das Gefühl, ihre Augen nur kurz geschlossen zu haben, als der Wecker um sieben Uhr losgeht. Sie drückt die Schlummertaste, aber sieben Uhr zwanzig klingelt der Radiowecker erneut. Fatima steht auf, geht ins hellblaue Badezimmer, wäscht noch einmal Gesicht und Hände, trocknet sich mit dem blau-rosa geblümten Handtuch ab und geht in die Küche. Sie reißt das Fenster auf. Die Morgenluft kündigt ihr an, dass es heute genauso heiß werden wird wie in den letzten Tagen in Kairo.

Sie genießt die Ruhe, die ihr bleibt, bevor die Stille im Haus vom Lärm der Kinder beendet wird. Sie zerschneidet kleine Tomaten in Viertelstücke und erhitzt Sonnenblumenöl in einer großen Pfanne. Während die Tomaten in der Hitze ziehen, zerkleinert Fatima scharfe grüne Peperoni. Men-e-Men war das erste Gericht, das sie ihrem Vater – mithilfe von der Mutter – kochen durfte. Es ist ein einfaches Gericht, das sogar den Männern des Hauses beigebracht wird, damit sie auch ohne ihre Ehefrauen und Mütter für einen Tag klarkommen.

Der Duft zieht in den Flur. Bald wird er ihre Familie aus den Betten locken. Sobald die Tomaten zergehen und köcheln, gibt Fatima die Peperoni hinzu und verrührt die Zutaten mit dem Holzlöffel. Sie würzt mit reichlich Salz und etwas Pfeffer. Als die Masse leicht sämig wird, schlägt sie zehn Eier in die Pfanne. Dazu gibt sie ein wenig Majoran, Pfefferminze und Kardamom, verteilt etwas Fetakäse darüber und rührt das Ganze schnell zusammen. Sie wartet, bis das Eigelb fest wird. Der Duft der frischen Kräuter verteilt sich in der Küche und in der Wohnung.

Fatima hört, wie ihre Kinder aufstehen und sich zum Frühstück fertig machen. Hanifa, ihre große Tochter, passt oft auf ihre kleinen Brüder auf und hilft im Haushalt mit. »Sie ist schon so selbstständig«, denkt sich Fatima. Sie weiß, dass Hanifa ihren beiden Brüdern nun beim Anziehen hilft. Mohammed ist mit seinen sechs Jahren manchmal verträumt, aber wenn Hanifa ihm etwas sagt, dann folgt er auch. Jaleel, dem Kleinsten, wäscht Hanifa jeden Morgen das Gesicht und zieht ihm etwas Schönes an, das sie zuvor aus dem Kleiderschrank genommen hat. Während die Kinder in ihrem Zimmer leise lachen, kommt Hussain ins Esszimmer.

»Guten Morgen, mein Engel.«

»O Hussain, mir kommen die Tränen, wenn du mich so nennst.«

»Aber das bist du doch für mich. Ich liebe dich.«

»Und ich liebe dich, mein stolzer Hussain.«

Hussain lächelt und gibt Fatima einen kleinen Kuss. Wenn sie allein zu Hause sind, isst die Familie zusammen, aber wenn Verwandte zu Besuch sind oder wenn sie eingeladen sind, essen Frauen und Männer getrennt. Fatima findet, dass Hussain in all den Jahren ein guter Mann und Vater war, zum Teil sehr liebevoll, manchmal etwas hitzig, wenn er seine Meinung in Diskussionen leidenschaftlich vertritt. Wenn Fatima ihn wütend macht, kann er nachtragend sein. Dann spricht er ein paar Tage nicht mit ihr. Aber sie liebt ihren Mann auch in solchen Momenten sehr; seitdem der Ehering über ihren Finger gerutscht ist, wird das Band zwischen ihnen von Tag zu Tag stärker. Es scheint ihr eine Ewigkeit her zu sein, als alles anfing, als das zarte Bändchen der Liebe geknüpft wurde. Vor ihrer Hochzeit gab es nur einen flüchtigen Moment, in dem Fatima Hussain gesehen hat.

Sie hatte mit ihren Schwestern und Freundinnen in ihrem Zimmer gesessen. Hussains verwitwete Mutter und ein älterer Onkel, der die Zustimmung erteilen sollte, waren zu Besuch. Fatimas Schwestern sind immer wieder in die Küche geschlichen und versuchten, einen kurzen Blick ins Wohnzimmer zu werfen. Zurück im Zimmer heizten sie die Gerüchteküche über den zukünftigen Schwager an. Schließlich wurde Fatima ins Wohnzimmer geholt und als zukünftige Braut vorgestellt.

Ihre Großtante Sema hatte die Ehe eingefädelt, arrangierte Hochzeiten waren früher üblich und sind es heute noch zum großen Teil. Frauen wie Sema haben ein Gespür für solche Dinge. Sie arbeiten als Kupplerin, werfen ein Auge auf ledige Frauen, beobachten, plaudern scheinbar harmlos und deuten nonchalant bei Essenseinladungen auf potenzielle Hochzeitskandidaten hin. Oft reden sie direkt mit den Müttern lediger Töchter oder Söhne. Sie behaupten zwar, sie würden selbstlos handeln, aber die Kupplerin erhält für jede Hochzeit, die sie arrangiert, einen kleinen Obolus. Hussains Mutter suchte für ihren Sohn dringend eine Frau, damit er endlich den Sinn des Lebens erkenne. Sonst würde sie nie zur Oma, sagte sie scherzhaft.

Ägyptische Hochzeiten werden groß, ausgiebig und lang gefeiert, mit viel Tanz und vielen Gästen. Man darf niemanden vergessen, jeder hat seinen ihm zustehenden Platz. Nach der großen Feier warten die Gäste auf das Zeichen: das weiße Tuch mit dem roten Fleck, dem Blut der Braut. Das erlösende Zeichen, eine Jungfrau zu sein und keine Schande über die eigene Familie zu bringen. Fatimas Angst war damals groß. Sie machte sich Sorgen darüber, was nach der Hochzeit passieren würde; niemand in der Familie redete offen darüber. Sie hatte noch nie in ihrem Leben den Penis eines erwachsenen Mannes gesehen, geschweige denn angefasst. Sie fühlte zwar manchmal ein Verlangen, aber sie wusste nie genau, warum ihr Körper solche Signale von sich gab. Sie konnte damit nicht umgehen.

Ihre Mutter Marwa sagte immer:

»Sei eine gute Tochter, bring uns keine Schande. Du tust das, was dein Mann will.«

Während der Hochzeit war Fatima voller Zweifel, da sie nicht wusste, was sie erwartete. Sie atmete viel zu tief und viel zu schnell. Ihr wurde immer wärmer und sie schwitzte die Angst beinahe heraus.

Achthundert Gäste haben gratuliert, gespeist und getanzt. Die Männer feierten den Bräutigam Hussain, dem erst in der Hochzeitsnacht Schweißperlen auf die Stirn treten. Er ist unsicher, wie er den Akt der Eheschließung beginnen soll.

Als seine sexuelle Neugierde in seiner Jugend erwacht ist, hatte er nicht gewusst, mit wem er über so etwas Delikates sprechen sollte. Also ging er mit hochrotem Kopf zu seinem jüngsten Onkel Zafat und fragte ihn, wie er wohl etwas Bestimmtes tue. Der verstand ihn nicht, woraufhin Hussain auf sein Geschlecht deutete. Sein Onkel lachte lauthals und haute Hussain zweimal auf den Kopf.

»Du Dummkopf!«

Während Hussain seinen schmerzenden Kopf rieb, erzählte Zafat vom Reinigungsritual. Danach drückte er Hussain ins Badezimmer und nahm einen Rasierer und Rasierschaum aus dem Regal. Er zog kurz seine Hose herunter und zeigte auf seinen rasierten Penis und Hoden.

»So, Hussain, du kannst die Hose runterziehen.«

»Jetzt?«

»Ja, wann denn sonst? In zehn Jahren?! Hast du etwa Angst?«

»Ein wenig.«

»Du wirst endlich ein Mann. Also los.«

Er war schnell erregt und schämte sich dafür, doch Zafat lachte ihn nicht aus, sondern verteilte großzügig Rasierschaum über die weichen Schamhaare. Den Rest des Schaums strich er auf seine Hoden. Hussain beugte sich bei dieser Bewegung nach vorn. Noch nie hatte ein anderer Mensch außer einem Arzt sein Geschlecht berührt. Der Druck gegen seine Hoden war ungewohnt. Zafat verzog keine Miene, während er die Schamhaare zügig und gründlich abrasierte. Als er Hussains Achselhaare rasierte, war der Penis wieder erschlafft. Sein jüngerer Onkel machte seinem Neffen klar, dass er Hussain nun ein Mann sei, dass er das Reinigungsritual nun alle zwei Wochen selbst vollziehe. Das Wissen über die rituelle Männerreinigung werde an jeden muslimischen Mann übergeben. Meistens sei es der Vater, der den Sohn darauf vorbereite, aber Zafat hat Hussains Vater, der als Soldat im Dienst starb, vertreten.

Am darauffolgenden Tag nahm Zafat Hussain mit in ein Männerkino. Als er die nackten Menschen auf der Leinwand sah, lief ihm ein eiskalter Schauer über den Rücken. So viel nackte Haut hatte er noch nie gesehen und diese rhythmischen Bewegungen machten ihn verrückt. In der folgenden Woche brachte Zafat Hussain zu einer Prostituierten, die ihn schnell befriedigte. Ab diesem Tag nannten ihn die männlichen Verwandten scherzhaft »der kommende Hengst«.

Hussain wusste vor der Hochzeit also, wie es technisch geht. Aber mit einer Unbekannten, die man dafür bezahlt, ist es einfacher, Sex zu haben, als mit der eigenen Ehefrau, die obendrein Jungfrau ist. Eine Jungfrau hat keine Ahnung, wie sie ihren Mund zum Küssen, geschweige denn die Beine aufhalten soll. Außerdem hatte Hussain gehört, dass die meisten Frauen Angst davor hätten. Er selbst stellte sich ganz andere Fragen: Ist mein Schwanz groß genug? Kann ich meinen Mann stehen?

Mit seinen Fragen stand er sich selbst im Weg. Aber als er mit Fatima zum ersten Mal allein war, war er ehrlich und sagte ihr:

»Ich liebe dich, Fatima. Ich werde dir nicht wehtun.«

Vielleicht war dies der Augenblick, in dem bei Fatima ein Hauch von Liebe entstand. Sie erkannte, dass Hussain ein guter Ehemann werden würde. Allen anderen erzählte sie natürlich später, dass die Liebe mit dem Ring um ihren Finger begann.

In all den Ehejahren gab er sich nach außen hin streng, aber in ihrem zu Hause, allein mit Fatima, war er ein Lamm. Sie muss immer schmunzeln, wenn er wie ein Schauspieler versucht, vor den Verwandten hart und unnachgiebig gegenüber seiner Frau zu wirken.

»Nein, meine Frau darf das nicht. Sie hat zu Hause nichts zu sagen.«

Später nimmt er ihre Hand und fragt:

»Und habe ich gut demonstriert, dass ich der Mann des Hauses bin?«

»Ich kann nicht mehr, Liebling, bring mich nicht zum Lachen. Deine Mutter hat die Ohren gespitzt, als du so streng geredet hast.«

»Echt?«

»Ja, sie hat richtig ihren Kopf verdreht, damit sie besser lauschen konnte. Ich musste richtig aufpassen, nicht zu grinsen.«

»Ach, ich liebe dich, Fatima.«

»Und ich liebe dich, Hussain.«

Hanifa, Mohammed und Jaleel erscheinen frisch angezogen im Esszimmer.

»Habt ihr euch das Gesicht gewaschen?«

»Ja, Mama.«

»Ganz sicher? Wenn ihr das nicht tut, leckt euch der Satan das Gesicht ab. Er mag euer Gesicht, wenn es sehr schmutzig ist.«

Jaleel grinst und sagt tapfer mit ausgestreckter Brust und erhobenem Zeigefinger:

»Nein, Mama, der kann das nicht mehr tun, weil unser Gesicht sauber ist.«

»Aaah, dann kommt her!«

Fatima gibt jedem Kind eine Umarmung und jeweils zwei Küsschen auf die Stirn und auf den Kopf.

In der Mitte des runden Tisches, an dem eine hellblaue Tischdecke mit Klammern befestigt ist, steht die Pfanne mit dem Men-a-Men. Teller und Löffel liegen bereit. Nach einem kurzen Gebet bricht Hussain das Brot.

»Gott sei gedankt.«

Hussain verteilt das Men-a-Men mit einem Esslöffel. Kaum haben die Kinder ihre Portion erhalten, tunken sie das Brot in die sämige Soße. Fatima nimmt Gott dankend das Essen entgegen und lächelt ihrem Mann zu. Es schmeckt ihr heute besonders gut, sie weiß nicht, warum es ihr manchmal besser schmeckt als an anderen Tagen, aber heute lächelt ihr das Glück beim Essen entgegen.

Nach dem Frühstück spülen Fatima und Hanifa in der hellgrün gekachelten Küche das Geschirr. Nachdem sie die Teller und Löffel abgetrocknet haben, kümmern sie sich um den Haushalt. Die meisten Hausfrauen aus der Nachbarschaft putzen ihre Wohnungen, um zu verhindern, in der Gemeinschaft als faule Ehefrau zu gelten. Fatima empfindet es als erschreckend, wie schnell ein falsches Wort die Runde machen kann. Es gibt neugierige Nachbarn, die über alles bis ins kleinste Detail tratschen, Tatsachen verdrehen und extra versuchen, die Wut des anderen aufzustacheln. Lieber ein sauberes Haus als einen schlechten Ruf in der Gegend, lautet das Motto vieler Hausfrauen.

Hussain ist zur Arbeit gegangen, er verkauft Farbe an Industrieunternehmen. Ihre Söhne müssen in ihrem Zimmer spielen, sie dürfen erst herauskommen, wenn sie mit dem Putzen fertig sind. Fatima summt zur arabischen Popmusik, die aus dem Radio erklingt, während sie das Haus auf Vordermann bringen. Später will die Familie auf den Markt. Eigentlich ist es schon jetzt am frühen Tage so heiß, dass an einen Einkaufsbummel nicht zu denken ist. In den vergangenen Jahren standen immer wieder Rekordtemperaturen an der Tagesordnung.

In zwei Wochen wird die Tochter ihrer Schwägerin heiraten, sie ist nun alt genug. Fatima braucht noch festliche Kleidung für die Kinder. Sie hat gehört, dass eine große Hochzeit geplant ist, da der Bräutigam angeblich vermögend ist. Er soll seinen Reichtum im Ausland aufgebaut haben. Angeblich geboren in Deutschland, in Berlin. Aber Fatima kennt nur Gerüchte, sie weiß nicht, als was der zukünftige Ehemann arbeitet.

Heute ist Samstag, der Markt wird überfüllt sein, auch die Geschäfte, aber Fatima hofft, etwas Schönes für die Kinder zu finden. Sie schaut auf die kleine weiße Küchenuhr über der Tür. Bald wird sie das Mittagessen vorbereiten müssen, es ist noch zu früh für den Markt. Mit leerem Magen wären die Kleinen zu schnell erschöpft und würden anfangen zu quengeln. Die Kinder beschweren sich ohnehin meistens auf dem Markt, weil es ihnen zu lange dauert. Aber in einer Millionenmetropole kann man nicht auf schnelle Geschäfte hoffen. Schlangestehen und Warten sind in den Geschäften üblich. Der Ruf des Muezzins reißt Fatima aus ihren Gedanken. Es ist Zeit für das Mittagsgebet. Die Spaghetti mit angebratenen Zwiebeln wird sie anschließend mit Hanifa zubereiten.

Milton Keynes, Ende 2026
Die gefürchteten Driver Sisters

Moment mal, Moment mal, wo sind wir jetzt?
»Guten Tag, Ms. MacDonald.«
Guten Tag, Doktor Miller.
»Wie geht es Ihnen?«
Na ja, man lebt so.
»Ja, das tun wir meistens. Schön, Sie zu sehen.«
Danke, auch schön, Sie zu sehen.
»Nehmen Sie Platz, ich bin gleich da.«

Ich besuche die Psychotherapie seit mehreren Jahren; ich
fand die Betreuung von Doktor Miller sehr gut. Sie meint,
sie begleite mich durch die guten und die schlechten Zeiten, und das jede Woche, am Anfang sogar alle zwei Tage.
Ich bin mir nicht mehr so sicher, ob diese Sitzungen überhaupt helfen. In mir ist etwas, eine Unruhe, eine steigen-
de Wut. Ich kann es nicht erklären. Ich nehme meinen
Platz ein und Dr. Miller setzt sich mir gegenüber.

»Bereit?«
Ja, jederzeit. Ich muss irgendwie atmen.
»Ist alles okay?«
Moment, einen kurzen Moment mal, ich gebe es zu,
ich fühle mich heute rastlos. Mir ist es heute ein großes
Bedürfnis, wieder über Fiona zu reden, ja, ich weiß, wir
hatten schon mal über sie geredet. Meine ehemals beste
Freundin und meine einzige Seelenverwandte. Aber ich
möchte noch mal über sie reden.«

»Das ist okay.«

Danke, also, richtige Ziele hatten wir beide nie. Ja, neben all den anderen unrealistischen Träumen, die jeder Teenager mal hat: Schauspielerin, Sängerin, richtig berühmt werden, etwas Erfolgreiches machen. Aber wir hatten nie die Ambitionen, unsere Ideen auch wirklich umzusetzen. Wir waren einfach zu faul. So einen ganz normalen guten Schulabschluss erreichen, das wollten wir schon. Wir haben nie das Bedürfnis verspürt, ein Studium anzugehen, zumindest kam uns das nie in den Sinn. Wir hatten nur Flausen und Jungs im Kopf.

Als wir später auf die gemischte Highschool gewechselt sind. Hmm… Bob, Jack und der wilden Vale, wir vergötterten diese Typen der Fußballmannschaft, alle Mädchen taten das, denn sie waren die angesagten Jungs unserer Schule. Und das wussten sie nur zu gut. Sie hatten diese gewisse Ausstrahlung, ein Lächeln von ihnen konnte ein Mädchen tage-, ja, manchmal wochenlang zum Grinsen bringen. Von den Bänken, die im Schatten alter Buchenbäume standen, hatten wir den Sportplatz gut im Blick, verstohlen beobachteten wir die verschwitzten Jungs, die dem Ball hinterherjagten. Wir waren ja unschuldig, wollten nur einen Blick auf hübsche Jungs werfen.

Fiona und ich zählten nicht zu den topangesagten Mädchen der Schule, aber wir waren auch nicht die schlechtesten, wir ließen uns nicht unterkriegen. Dank Fiona haben wir den Driver Sisters, der berüchtigten Mädchengang, an einem denkwürdigen Tag ordentlich den Marsch geblasen. Sie galten als die übelste Mädchengang an unserer Schule. Wahllos suchten sie sich eine Schülerin aus, die sie solang bedrängten und beleidigten, bis sie anfing zu weinen. Aber dann ging es erst richtig los. Sie begnügten sich nicht mit den Tränen, nein, nein, erst dann genossen sie es, Öl ins Feuer zu gießen.

»Flennst du jetzt?! Bist aber ne billige Tussi!« Oder schlimmer: »Tja, ne Tuse ist ne Huse. Geh doch gleich nach Hause!« Oder noch derber: »Ach, guck dir die an! Schlampe hoch zehn sein wollen, flennt aber gleich los!«

Wenn man das mit den heutigen Sachen, die die Kids sagen, vergleicht, mag das harmlos erscheinen, aber damals waren solche Worte schon ungeheuerlich.

Aber wir erteilten den Girls eine Lektion: Eines Tages hatten sie mich auserwählt. Sie gingen auf dem Schulhof auf mich los, umringten und beleidigten mich. Ich versuchte sie so gut es ging zu ignorieren, aber die Gesichtszüge meiner besten Freundin verrieten ihre Wut, mit einem Mal fuhr sie herum und rief mit erhobenem Zeigefinger:

»So redet niemand mit Charlotte!«

Ehe ich reagieren konnte, schnappte sich Fiona Terry, die Anführerin der Sisters, und schlug ihr mit der flachen Hand – Batsch! – ins Gesicht. Es klatschte so laut, dass sich alle Anwesenden auf dem Pausenhof nach uns umdrehten. Mein Adrenalin schnellte in die Höhe, ich schlug der zweiten Sister, Maggy, eine rein und schrie sie an:

»Ja, mit mir spricht niemand so!«

Minnie, die größte und stärkste der drei Sisters, baute sich vor mir auf, aber Fiona trat ihr gegen das Schienbein und ich verpasste ihr eine Kopfnuss. Auf dem Pausenhof war es still. Das Blut rauschte in meinen Ohren. Ich habe nur noch das laute Atmen von Fiona gehört. Einige der umstehenden Mädchen schauten uns teils ungläubig, teils bewundernd an. Sie fühlten sich gerächt, hatte mir eine Klassenkameradin später gesagt. Die drei Driver Sisters fingen an herumzuheulen. Fiona und ich wurden später vom Schuldirektor in sein Büro zitiert, unsere Eltern wurden benachrichtigt. Ich kann nicht anders, ich muss es betonen: Diese einwöchige Suspendierung hat sich bis heute gelohnt. Keiner in der Schule redete mehr schlecht über uns. Terry, Maggy und Minnie machten einen großen Bogen um uns. Von unseren Eltern erhielten wir beide zwar vier Wochen Hausarrest, doch ich war nicht bereit, auch nur für eine Minute Reue zu zeigen. Drei Monate später sagte mir meine Mutter doch tatsächlich: »Ich war so stolz auf dich. Du hast dich gewehrt.«

»Ja, aber warum dann der Hausarrest?«

»Na ja, ich möchte vermeiden, dass du ein schlechtes Mädchen wirst.«

Damals habe ich es nicht verstanden. Wenn man selbst keine Kinder hat, sieht man die Dinge anders. Aber heute verstehe ich meine Mutter sehr gut. Manchmal muss eine Mutter ihren Kindern Strafen auferlegen, um Grenzen aufzuzeigen. Somit kann sie verhindern, dass sich diese selber Schaden zufügen und mit dem Gesetz in Konflikt geraten. Sogenannte Mutproben sind ja nicht weiter schlimm; wenn man vielleicht mal einen Kaugummi klaut oder so was, aber bevor es in gefährliche Richtungen geht, sollte man eingreifen.

Ich musste auch Brian einmal heftig zügeln. Er hatte mit seinen Freunden Autos demoliert und wurde von der Polizei erwischt. Zum Glück hat unsere Haftpflichtversicherung den Schaden bezahlt. Einige Sozialstunden habe ich ihm dann extra verdonnert. Er sollte Altpapier einsammeln. Mein Sohn war zwar wütend auf mich, aber nun ja, man tut, was man kann als Mutter. Einige Kids geraten trotzdem auf die schiefe Bahn.

Nach dem Schulabschluss wollten Fiona und ich nicht noch weiter lernen. Wir haben uns einfach treiben lassen. Am Ende entschieden wir uns für eine Ausbildung zur Bäckerin und Konditorin. Am Anfang fiel es uns schwer, jeden Tag so früh aufzustehen, um drei oder vier Uhr morgens. Wir mussten Brötchen backen, leckere Tortenstücke verzieren und die Backstube sauber halten. Der Chef war ein Widerling, schaute uns immer zu tief in die Augen – Sie wissen, was ich meine. Ekel-Titten-Frank, so nannten ihn seine Angestellten. Das war so ein Mann, bei dem es allen Frauen irgendwann unheimlich wird. Man trainiert sich ja als Frau im Laufe des Lebens so ein inneres Warnsystem an. Ekel-Titten-Frank hatte in Milton Keynes drei Filialen, in denen Fiona und ich allerhand lernten. Aber jetzt hasse ich alles, was mit Backen zu tun hat. Das war vor dem Ereignis, ach na ja, Sie wissen ja, was passiert ist. Ich drehe mich wieder im Kreis.

Wir Mädels hatten viel Spaß und durften alles probieren und viel mit nach Hause nehmen. Meine Eltern freuten sich über das leckere Gebäck, auch Clara und John verputzten die Ingwer- und Marzipanplätzchen, die der Chef mitgab. In der regulären Zeit von drei Jahren haben wir unsere Ausbildung geschafft. Fiona bestand mit einer halben Note besser als ich. Sie mit gerade 70 Prozent, einem guten B, ich mit 65 Prozent, also einem mittleren C. Wir haben nach unserer Ausbildung noch ein Jahr drangehängt, aber keine normale Frau hält es lange mit einem Titten-Grabscher-Chef aus. Ekel-Titten-Frank starb drei Jahre später an einem tiefen Fall, oder wie man das in der Bäckerei nennt, stand leider zum ungünstigsten Zeitpunkt unter einem 100-Pfund-Mehlsack. Der Mehlsack hat ihm wohl den Kopf eingedrückt, damit das Genick gebrochen, soll kein schöner Anblick gewesen sein. Ich habe seine Traueranzeige in der Zeitung gelesen. Das Merkwürdigste war, dass ich beim Anblick des Schwarz-Weiß-Bildes meines früheren Chefs in Gelächter verfallen bin, wie schlimm man sich doch manchmal benimmt. Kein Mitgefühl, auch keine Genugtuung oder so etwas, sondern einfach ein dämliches Lachen. Ich konnte fünf Minuten lang nicht aufhören zu lachen, weil ich mir das alles bildlich vorstellte. Boing! Krkchjkhck! Genickbruch – und auf dem Boden der fette Frank. Entschuldigen Sie, ich wollte das jetzt nicht so bildlich darstellen. Es ist verrückt, was man alles im Kopf behält, solche Details bleiben einem, aber anderes ist wie ausgelöscht. Mir fällt es schwer, Neues zu behalten.

Nach unserem angehängten Jahr waren wir gerade erst zwanzig Jahre alt, wir bewarben uns beim großen Histopholes-Kaufhaus und erhielten zu unserem Glück beide eine Festanstellung. Wir gingen auf die Jahrtausendwende zu, ach ja, ach ja, das Jahr 2000 haben wir groß mit Freunden gefeiert. Und was die Forscher und Journalisten alles geschrieben haben! Die großen Computerprobleme, der große Crash, blieb alles aus. Tja, was waren das für Zeiten. Weder Fahrstühle noch Computer, weder Flugzeuge noch die Börse zeigten irgendwelche Auffälligkeiten. Obwohl uns alle Computerexperten vorwarnten und darauf vorbereiteten, was nicht alles passieren könnte. Wie heute die Umweltfanatiker, die uns gebetsmühlenartig beteuern, die Welt gehe unter.

Wir, also Fiona und ich, haben unsere jungen Jahre ausgekostet. Abgesehen von unbedeutenden Liaisons mit ein paar Männern war der Richtige noch nicht vorbeigekommen. Die jungen Männer sind so unreif, nur auf Sex aus.

Einige machten einen echt guten Eindruck, gaben ein ernstes Interesse vor, aber schnell entpuppte sich das als Augenwischerei. Die paar Jungs, für die wir schwärmten, waren entweder vergeben oder zeigten kein Interesse an uns. Meistens sind das auch noch so hässliche Gänse, die diese Jungs sich angeln, ja, ich weiß, ich bin ein wenig fies. Aber wir waren damals eifersüchtig und fragten uns: Wie zum Teufel kriegt diese dumme Kuh so einen hübschen Kerl ab? Einige Jungs nehmen alles. Als hätten sie keine Würde, sprechen sie jedes Mädchen an. Wo bleibt der edle Verehrer? Was soll ich davon halten, wenn der Typ, kaum dass ich ihm eine Abfuhr erteile, zwei Minuten später mit Nicole spricht oder mit Jacky oder mit Mandy?!

Doktor Miller, ich hoffe, ich langweile Sie nicht!«

»Ms. MacDonald, Sie dürfen über alles reden, und das, sooft Sie wollen.«

Danke für Ihre Geduld.

»Gerne.«

Ohne Fiona hätte ich Andrew nie kennengelernt. Wir hatten eine so unbeschwerte Zeit, jedes zweite oder dritte Wochenende fuhren wir nach London, in die Clubs zum Tanzen. Übermüdet ging es sonntags zurück nach Milton Keynes. Wir waren sorglos, hatten einfach Spaß.

Am 16. Juni 2001, es war ein Samstag, angenehmes Wetter, wollten wir spontan in der Londoner Innenstadt shoppen. Wir hatten kaum Geld, daher sind wir durch die Läden gezogen, ohne uns etwas zu kaufen, haben uns nur hier und da mal einen Kaffee oder einen Kuchen gegönnt. Irgendwann überkam uns die Lust auf ein Eis. In der erstbesten Eisdiele bestellte ich eine Kugel Stracciatella und eine Kugel Sahne-Kirsch. Während ich meine Waffel schon in den Händen hielt, fielen Fiona beim Bezahlen ein paar Pence auf den Boden. Sie bückte sich, um die Geldstücke aufzusammeln, dabei stieß sie mich versehentlich mit ihrem Hintern an und ich verlor mein Gleichgewicht. Ich versuchte noch irgendwie Halt zu finden, strauchelte in Richtung eines mittelblonden Jungen und klatschte meine Eiswaffel direkt auf sein weißes T-Shirt, auf dem in bunten Buchstaben stand: What The Heck.

»Oh, sorry! Oh, sorry!«

Meine Wangen glühten, mir war das so peinlich!

»Sorry ist keine richtige Entschuldigung.«

Ich habe das damals nicht verstanden, aber später ja: Eine richtige Entschuldigung ist besser, als nur Sorry zu sagen.

»Hey Schöne, ein Date mit mir kannst du leichter haben.«

»Wie?«

Ich hatte keine Ahnung, was der junge Typ meinte.

»Na, mit dieser Eis-Masche kriegst du nur Freaks rum.«

Und ich sah zum ersten Mal sein besonderes Lächeln, ich hatte ja eigentlich mit einem wütenden Gesicht gerechnet. Und seine grünen Augen haben mich schon damals verzaubert.

»Na, was ist? Soll ich dir meine Nummer geben?«

Auf den Kopf gefallen war Andrew ja nicht, ganz schön forsch war er. Das ganze Sahne-Kirsch-Eis hatte einen rötlich-blauen Fleck auf seinem weißen T-Shirt hinterlassen. Trotzdem sah er super aus. Er hätte in diesem Moment auch einen Müllsack tragen können, ich hätte ihn sofort gemocht.

»Charlotte, sorry! Geht es dir gut?«, fragte Fiona, die mittlerweile auch den letzten Pence gefunden und verstaut hatte.

»Also Charlotte! Angenehm. Ich bin Andrew.«

»Hey Andrew, es tut mir wirklich leid.« Hilfesuchend schaute ich meine beste Freundin an, die zwinkerte mir nur zu und tat so, als könnte sie sich nur auf ihr Eis konzentrieren. Diese Verräterin.

»Kein Problem. Ich habe gerade ziemlichen Hunger. Weißt du, wo ich ein Eis bekomme?«

Und auf einmal lachten wir alle drei, und dabei fühlte ich mich wie eine Idiotin.

»Ja, also… hier bekommt man gutes Eis.«

»Und?«, fragte er.

Fiona zwickte mich unauffällig in den Arm.

»Tja, also, ich lade dich gerne ein, Andrew. Das ist übrigens Fiona.«

Und so fing das erste Date an. Es war ja kein echtes Date, eigentlich eher ein Unfall. Aber es war ein Wink des Schicksals. Ach ja, ach ja. Die Liebe.

Einige Jahre später traf Fiona auf ihren zukünftigen ersten Mann, den echt charmanten Ralph, der sich vom Superpaulus zum Ekelsaulus verwandelte. Um den Beginn der Beziehung zu beschreiben, kann ich nur Superlative verwenden. Ralph war der höflichste und romantischste Typ. Er hielt die Türen auf, vergriff sich nie in der Wortwahl, verwendete nie Fluchwörter, gab reichlich Komplimente. Fast schon unheimlich, wie perfekt er sich verhielt. Ein charmantes Lächeln, das einen schwach werden ließ, begleitete seine guten Manieren. Um Fiona war es direkt beim ersten Treffen geschehen, und ich konnte ihr Glück kaum fassen. Ich war leider genauso naiv wie sie. Ich hätte Ralph auch sofort geheiratet. Und ich fürchte, ich habe ihr gut zugeredet, so früh zu heiraten.

Für Ralph konnte es gar nicht schnell genug gehen. Jegliche Bedenken hat er mit einem Schulterzucken und einem verliebten Grinsen abgewehrt. Er hat nicht aufgehört, sie zu umwerben. Die Beziehung der beiden war gerade erst im zweiten Jahr und die Hochzeit schon in voller Planung. Und ich war so dämlich und habe Fiona immer gesagt, dass es das Beste sei, was ihr je passieren könne. Liebe auf den ersten Blick.

Ich wollte an die Geschichten von glücklichen Prinzessinnen glauben, ich wollte glauben, dass so was nur einmal im Leben passiert. Und ich habe Fiona immer wieder gesagt, dass sie das alles auch verdient habe. Aber ganz ehrlich, Mädchen bekommen diese Leier ständig von den Eltern vorgelesen. Dazu kommen Zeichentrickfilme von Disney und Co., in denen der starke Prinz ankommt und das arme, hilflose Mädel rettet. Ich kenne keine andere Storyline, nie rettet mal die Prinzessin einen armen Burschen. Ich bin genauso in stereotypischen Vorstellungen gefangen wie alle anderen auch, fängt ja schon mit Barbiepuppen an. Dünn, Wespentaille, Füße, die nur in High Heels passen, und immer mit einem braven Lächeln im Gesicht – so wollten wir als Frau durchs Leben gehen, und dabei wollten wir schick aussehen.

Tja, so rasant wie es zwischen Fiona und Ralph losging, endete es auch. Ich finde keine besseren Worte, aber der Komet der Realität krachte so schnell auf die Erde, dass ich den Alarm erst mitbekam, als alles schon in Trümmern lag. Ralph, der Supermann, hatte angefangen zu fluchen, tickte immer wieder vor uns Freunden aus und trank viel Alkohol. Fiona überspielte ihre Verlegenheit, indem sie selber mehr trank. Und was tat ihre beste Freundin? Die verschloss davor die Augen. Auch Andrew

sagte mir nach einem Abend, der wieder sehr unangenehm verlaufen war:

»Das geht uns ja eigentlich nichts an. Vielleicht hatte er
heute nur einen schlechten Tag.«

Die schlechten Tage häuften sich. Zum Glück schlug er
Fiona nicht. Aber einmal hat er beim Fußball den Ball
absichtlich in ihre Richtung geschossen. Ich schrie ihn an.
Der Ball war nur haarscharf an Fionas Gesicht vorbeige-
rauscht. Aber sie verteidigte ihn, meinte, es wäre nur ein
Versehen gewesen. Er sagte nichts, er stand nur schnaufend da und stierte uns an.

Ich war richtig wütend, auf sie und auf mich. Wie konnte sie die Warnzeichen ignorieren? Warum habe ich sie
nicht vorher bemerkt?

Tja, und dann kam das Ereignis, das Fiona den Boden
unter den Füßen wegriss. Bei Histopholes war wenig los
und unser Chef ließ sie früher nach Hause zu gehen. Und
dann öffnete sie die Wohnungstür, wollte gerade Hallo
sagen, als sie ein heftiges Atmen hörte. Sie wunderte sich,
sie hörte eine Frau stöhnen. Sie nahm zuerst an, dass
Ralph einen Porno anschauen würde, doch die Stimme
wurde lauter und realer, das war kein Porno. Das passiert
gerade, jetzt, in echt, in ihrer Wohnung.

Bevor sie alles realisieren konnte, schlich sie ängstlich
zum Schlafzimmer und erblickte Ralphs Körper; jetzt
erkannte sie Rebeccas stöhnende Stimme, er hielt ihre
Haare fest in seiner Faust, während er sie im Doggy Style
vögelte. Beide waren so mit sich beschäftigt, dass sie Fiona
gar nicht wahrnahmen, sie selbst war völlig verzweifelt
mit der Welt. Wie in Trance blieb sie stehen, rührte sich
nicht, alles verlief wie in Zeitlupe, erzählte sie mir später.
Sie nahm Ralphs Pobacken wahr, wie sein Körper immer

härter und stärker seine Lust zeigte. Die Entrückung ihres Körpers löste sich erst, als Fiona tief Atem holen musste.

Man möchte meinen, dass Ralph und Rebecca das mitbekommen hätten, aber denkste! In dem Moment soll er laut gestöhnt haben und die unglaublich widerlichen Worte gesagt haben:

»Deine Fotze gehört mir.«

Das war der Moment: Fiona realisierte es. Es war vorbei. Sie drehte sich um und verließ das Haus.

Ich bin kurz nach der Ausbildung aus meinem Elternhaus ausgezogen, wollte auf eigenen Füßen stehen, eigentlich ja viel zu früh. Ich zog in ein kleines Zimmer einer Wohngemeinschaft, erst später habe ich Andrew geheiratet und viel später kauften wir dann unser Haus in Wimbledon. Und als ich an dem Tag von der Arbeit kam, habe ich Fiona nur bemerkt, weil ich mich nach den Kindern umdrehte, die laut im Park gegenüber von dem Haus meiner WG spielten. Ich musste zweimal hinschauen, um zu realisieren, dass es Fiona war, die dort auf einer Parkbank saß. Ich ging zu ihr rüber, aber sie nahm mich nicht wahr.

»Fiona?«

Fiona schaute mich mit leeren Augen an, sagte kein Wort.

»Fiona? Ist alles okay?«

Fionas ganzer Körper zitterte, Tränen und heiseres Schluchzen brachen aus ihr heraus. Sie war sprachlos, atemlos, sie weinte und weinte und weinte. Ich setzte mich neben sie, nahm sie in den Arm, weil ich nicht wusste, was los war. Ich merkte, dass sie nicht aufhören konnte zu zittern, ich brachte selbst kein Wort heraus.

Ich habe sie einfach in den Armen gehalten, es kam

mir vor wie eine Ewigkeit. Vielleicht waren es aber auch nur fünf Minuten, aber es hat lange gedauert, bis Fionas Atem wieder regelmäßig ging.

Ich führte sie an der Hand in mein WG-Zimmer, deckte sie mit meiner Bettdecke zu und streichelte ihr kurz übers Haar. Ich brauchte nichts zu sagen. Ich ging in die Küche und kochte uns Kakao mit ordentlich Schuss. Das beruhigte nicht nur meine Nerven, sondern auch ihre. Erst nach einer Stunde und dem zweiten Kakao fing Fiona an, vorsichtig über das Ganze, was sie erlebt hatte, zu reden.

Wir blieben bis zum frühen Morgen wach. Ich war so erschöpft und hatte keinen Bock zu arbeiten, sodass ich krank machte. Normalerweise würde sich ein Ehemann mal Gedanken darüber machen, wo seine Frau ist, aber nicht Ralph. Der meldete sich nicht einmal auf ihrem Handy. Meldete sich auch nicht bei mir, es war ihm egal. Drei Tage danach begleiteten Andrew und ich Fiona zu ihrer Wohnung. Ralph saß in Unterwäsche vor dem Fernseher und zockte irgendwas auf seiner Konsole.

»Hey Baby, da bist du ja.«

»Nenn mich nie wieder Baby.«

Er pausierte das Spiel und schaute verwundert auf.

»Warum bist du denn so sauer? Du bist doch diejenige, die sich für ein paar Tage aus dem Staub gemacht hat. Ich sollte sauer auf dich sein.«

Fiona wurde nicht laut, sie sprach klar und deutlich. Am Anfang schien er noch stolz zu sein, dann wurde er keck, und schließlich sagte er das, was er nicht hätte sagen sollen, aber er war zu wütend geworden:

»Mit dir macht das halt keinen Spaß, es ist so langweilig, immer das gleiche Programm im Bett. Ich muss mich wieder wie ein Mann fühlen.«

Fiona war bemüht, ihre Gefühle im Zaum zu halten, sie antwortete, ohne die Miene zu verziehen: »Ich reiche die Scheidung ein.«

Zu mehr war sie nicht imstande.

»Ja, tue das. Mein Schwanz verdient eine bessere Fotze.«

Ralph fasste sich an sein Geschlecht und drückte fest zu.

Ich konnte nicht glauben, was ich da gehört und gesehen hatte. Wir holten Fionas Sachen aus dem Schlafzimmer und fuhren zu mir.

In der gegenüberliegenden Wohngemeinschaft wurde ein Zimmer frei. Andrew und ich bereiteten das Zimmer so schön wie möglich für Fiona vor.

Die Schmerzen kamen und gingen, aber mit jedem Tag wurde Fiona stärker. Ihre Laune besserte sich, nach einem Jahr erheblich, noch nicht genug, um eine neue Beziehung einzugehen, aber sie brachte schon ab und zu ein Lächeln zustande.

Wenn man etwas, dass man so sehr liebt, verliert, reißt es das Herz auseinander.

»Wir müssen langsam zum Ende kommen.«

Oh, ich habe nicht mal richtig angefangen. Aber dann werde ich mich mal auf den Weg machen.

»Danke, Ms. MacDonald, ich wünsche Ihnen einen schönen Tag.«

Ich danke Ihnen, Doktor Miller, Ihnen auch.

Ich habe mir am Anfang wirklich etwas von diesen Gesprächen erhofft. Aber mittlerweile frage ich mich immer öfter: Wozu rede ich hier? Was bringt mir das noch? Ständig kommt von Doktor Miller nur: Ich wünsche einen schönen Tag. Und: Hoffentlich geht es Ihnen gut. Aber wie soll es mir gut gehen? Komme keinen Schritt voran.

Meine Wut steigt, meine Verzweiflung über die Untätigkeit. Wie soll ich mein Leben jetzt noch führen? Zufällig habe ich Christopher gesehen, der vom Leben sehr gezeichnet ist. Nicht nur, dass er wie ich Fiona verloren hat, nein, er ist für mich eine Stütze.

Christopher war Fiona immer ein guter Ehemann. Ich habe von Fiona nur etwas über die üblichen Macken gehört, dass Christopher mal die Zahnpasta nicht zugemacht hat, im Stehen gepinkelt hat oder so etwas, aber ich habe ihr dann gesagt, er gehe nicht fremd, er sei anständig. Und das hat sie dann wieder milde werden lassen.

Christopher gibt mir auch Halt. Was er sagt, unterstütze ich voll. Er hasst die Situation noch mehr als ich, und irgendwie höre ich ihm gerne zu, er überzeugt mich, dass etwas getan werden muss, die Schweine sollen nicht einfach so davonkommen. Aber wie wir das verhindern können, wissen wir noch nicht.

Wimbledon, April 2022
Ach, du Gentleman

»Mama, ich habe nix zum Anziehen!«

»Du hast doch so viele Sachen im Schrank.«

»Ich brauche neue Klamotten!«

»Dann lass uns erst mal den Kleiderschrank anschauen.«

Diana kommt langsam in die Pubertät und benimmt sich dementsprechend. Charlottes Nerven sind angespannt. Sie weiß, es ist nur eine Phase, aber zwei Teenager im Haushalt sind eine Herausforderung.

Andrew öffnet die Haustür und ruft:

»Hallo zusammen!«

»Hallo Papa!«

»Hey Andrew, Schatz, Essen ist in der Küche.«

»Gut zu wissen!«

»Diana, guck mal, das ist doch süß.«

»Das ist vom letzten Jahr.«

»Ja, letztes Jahr war es dir doch zu groß.«

»Aber jetzt ist es out of fashion.«

Charlotte fragt sich, ob Diana unter dem Druck der Mädchen-Clique aus der Schule steht. In der gemischten Highschool wird Uniform getragen, aber in der Freizeit beurteilen die Jungs und Mädels gegenseitig ihre Outfits. Welche Klamotten, welche Farbe, welche Marke ist gerade in? Charlotte erinnert sich daran, dass letztes Jahr die Marke MXM angesagt war, und jetzt ist es MMX. Dazu kommt dieser Stress mit den Online-Einkäufen. Eine scheißüberteuerte Jacke, die nur an einem bestimmten Tag bestellt werden konnte. Charlotte hat nachgegeben, als Brian gesagt hat:

»Die ist der Wahnsinn!«

»Na gut, aber nur diese. Und nur, wenn du die auch trägst.«

Sie hat die Jacke eine Nummer größer bestellt, damit sie auch länger hält.

Nicht nur die Kinder stehen unter Druck, auch die Eltern, die das finanzieren müssen, denkt sich Charlotte. Als Angestellte für Delikatessen in der Feinkostabteilung bekommt Charlotte selten Gelegenheit, um ein Schnäppchen zu machen. Ab und zu werden im großen Harrods Kaufhaus Klamotten um 50 oder 70 Prozent reduziert, zwar nur ausgewählte Klamotten, aber die sind dann sehr hochwertig. Als Mutter fragt sie ihre Kinder natürlich, ob ihnen die gefallen. Es ist zu gefährlich, etwas zu kaufen, was die Kinder nicht mögen. Sie hatte es mal versucht, aber die Ablehnung ihrer Kinder war zu stark. Sie hat die guten Klamotten dann zum Charity shop gebracht.

»Okay, Diana, lass uns morgen shoppen gehen. Aber wir kaufen nur etwas, wenn du dafür etwas spendest. Und heute kannst du doch das anziehen?«

Diana schaut ihre Mutter verwirrt an:

»Wie spenden?«

»Wir bringen etwas zum Charity shop.«

»Ach so, okay. Ich ziehe die Sachen an.«

»Danke.«

Charlotte freut sich über den Kompromiss mit ihrer Tochter. Sie geht in die Küche, in der Andrew den Lachs-Spinat-Auflauf isst.

»Hallo Schatz, wie war dein Tag?«

»Ganz gut. Und deiner?«

»Abgesehen von ein paar stressigen Kunden und Kindern, die meine Nerven strapazieren, ganz gut. Letztens war es Brian wegen der Jacke und jetzt hat unsere Diana den Kleiderschrank voll, bemüht sich aber, mich davon zu überzeugen, sie hätte keine Klamotten.«

Andrew lächelt zu Charlotte rüber:

»Na dann ist ja gut.«

Charlotte rollt die Augen.

»Ach, das übliche Theater und ein Ehemann, der das alles nicht so ernst nimmt.«

»Ach komm, das ist nicht fair. Ich nehme deine Sorgen ernst. Los, lass mich dich küssen.«

Andrew schiebt sich eine Gabel mit Auflauf in den Mund, kommt mit großen Augen und vollem Mund auf sie zu.

»Soll ich dich etwa füttern?«, schmatzt er.

Sie drückt ihn weg. »Untersteh dich!«

Aber jetzt umfassen sich ihre Arme, sein Mund nähert sich ihrem.

»Hey Leute, benehmt euch!«

Brian steht in der Küchentür und tut entrüstet.

»Ich will noch was essen, bevor mir schlecht wird.«

Woher hat er diese Worte, fragt Charlotte sich. Aber sie beschließt, nicht so streng zu sein.

»Tja, wenn du mal deine eigene Frau hast, wirst du deine Finger auch nicht von ihr lassen können«, antwortet Andrew.

Charlotte lächelt verlegen. »Ach, du Gentleman.«

»Leute, das wird eklig.«

»Schon gut, schon gut, Brian. Du weißt wirklich, wie du unsere Romantik zerstören kannst.«

Brian nimmt sich etwas vom Auflauf und setzt sich mit seinem Teller an den Küchentisch.

»So ist das, Dad, ich bin zufrieden.«

»Okay, lass uns essen.«

»Diana? Hast du Hunger? Es gibt Lachs-Spinat-Auflauf«, ruft Charlotte nach oben.

»Ich komme!«

Trotz ihrer Arbeit schafft Charlotte es fast jeden Tag, Essen für ihre Familie zu kochen. Nudeln kocht sie einen Tag vorher, Spinat und Lachs gibt sie nur noch in die Auflaufform, streut Käse darüber und schiebt das Ganze für eine halbe Stunde bei 180 Grad in den Ofen. Wenn sie früh morgens in der Feinkostabteilung anfangen muss, reicht die Zeit nicht, um ein aufwendiges Abendessen zu kochen.

Nach dem Essen gehen die Kinder in ihre Zimmer und die Eltern ins Wohnzimmer zum Fernsehen.

»Irgendwas Bestimmtes?«

»Ach egal, mach einfach TBBT an.«

»Ja, Big Bang ist lustig, haben wir lange nicht mehr gesehen.«

»Und gute Neuigkeiten, Schatz. Ich habe den Urlaub genehmigt bekommen.«

»Super, dann können wir den Urlaub planen und buchen!«

Charlotte hatte ihre Ferien schon lange genehmigt bekommen, bei Andrew war es etwas schwieriger. Sie freut sich sehr auf die Ferien mit den Kindern. Es steht noch nicht genau fest, wohin es gehen soll, aber Andrew und sie sind sich schon fast einig, dass sie nach Ägypten fliegen. Es gibt da noch das eine oder andere günstige Angebot für eine Pauschalreise.

Fatima steht vom Teppich auf, sie hat das Mittagsgebet beendet. Hussain wird sich in den nächsten Minuten von der Moschee auf den Weg nach Hause machen. Er wird noch Brot vom Bäcker kaufen, in einer halben Stunde wird er ankommen. Ihr bleibt genug Zeit, um das Mittagessen so vorzubereiten, dass es warm auf dem Tisch steht, wenn Hussain hereinkommt.

Marwar, ihre Schwägerin, hat sie gebeten, sie bei den Vorbereitungen für die Hochzeit ihrer Tochter zu unterstützen. Fatima freut sich, dabei zu sein. In der folgenden Woche findet das Kina statt, bei dem die Braut von den Frauen gefeiert und auf ihr neues Leben an der Seite ihres Ehemanns vorbereitet wird. Die Tochter wird von ihrer Mutter Abschied nehmen, ihre Freundinnen werden sie ermutigen, den neuen Weg zu betreten, ihre Tanten werden mit lautem Geheul die bösen Geister verscheuchen, um Unheil aus der neuen Ehe fernzuhalten.

Marwar hat Fatima Geld gegeben. Sie soll Henna, gesüßte Erdnüsse und gebackene Kichererbsen kaufen. Zusätzlich benötigen sie weißen Spitzenstoff, um ihn zu zerschneiden und zu kleinen Tüten zu nähen. Diese werden mit Süßigkeiten gefüllt und einer roten Schleife zugebunden.

Fatima liebt Vorbereitungen auf besondere Feste, in den letzten Tagen vor der Hochzeit wird es zwar meistens stressig, aber das gehört einfach mit dazu.

Für das gemeinsame Mittagessen mit ihrer Familie

gießt sie Wasser in einen großen Topf, neben dem zwei Packungen Spaghetti liegen. Während das Wasser erhitzt wird, nimmt sie die Zwiebeln. Sie schält und wäscht sie und legt sie in eine blaue Schüssel, die mit kaltem Wasser gefüllt ist. Mit schnellen regelmäßigen Bewegungen des Messers zerschneidet sie die Zwiebeln und gibt sie in einen mittelgroßen Topf, in dem das Sonnenblumenöl bei mittlerer Hitze bereits warm geworden ist. Fatima öffnet die Spaghetti-Packungen und bricht die Spaghetti dreimal durch. Sie legt diese in den großen Topf, in dem das Wasser bereits kocht. Zuerst werden die Kinder Mittag bekommen. Mit leeren Magen würden sie auf dem Markt anfangen zu nörgeln. Das überschüssige Wasser gießt sie ab und gibt reichlich Sonnenblumenöl auf die gekochten Nudeln. Die Zwiebeln sind erst richtig süß, wenn sie lange auf mittlerer Hitze gedünstet wurden, sie gibt einen Löffel Honig und ein wenig Salz, Pfeffer, Majoran und Koriander dazu. Als die Zwiebeln langsam braun werden, gibt sie das Ganze auf die Spaghetti und vermischt alles miteinander.

Fatima überlegt, welche Farben die festliche Kleidung der Kinder haben soll. Sie schwimmen nicht in Geld, aber das Familienbudget reicht aus, um gut über die Runden zu kommen. Aber Luxus ist ihrer Familie fremd. Fatimas Mutter sagte ihr immer, dass man sich selbst mit wenig Geld schick machen könne. Mit jedem Budget finde man eine kleine Auswahl an Stoffen und Kleidung, Kompromisse müsse man eingehen können. Und man dürfe nicht mit den Möglichkeiten hadern, die man habe, man solle dankbar sein für die Chancen, die möglich seien.

Hanifa und Fatima häkeln manchmal zusammen Tischdecken. Manchmal muss Hanifa das Gehäkelte auflösen, weil es noch nicht gut genug ist. Aber sie lernt schnell. Diese Tischtücher verkaufen sie ihren Familienmitgliedern, Freunden und Nachbarn; damit können sie ein klein wenig Geld zusammenbringen. Als Mutter von drei Kindern ist ihr das Arbeiten in Ägypten nicht möglich, auch Hussain möchte nicht, dass seine Frau arbeitet. Die Verwandten und Freunde würden schlecht über ihn reden, wenn er seine Frau rausschicken würde. Wer weiß, was sie alles sagen würden. Meistens sind es nicht die Freunde, die schlecht reden, sondern die eigenen Verwandten. Die würden gleich herumkrakeelen, dass die Frau wohl herumhure und sie sich dem nächstbesten Mann anbiedern würde. Fatima findet, dass das die schlimmsten sind, sie machen einem auch Monate und Jahre später noch ein schlechtes Gewissen. Hussain möchte das vermeiden. Sie hatten damals kurz darüber gesprochen. Er hatte Fatima in den Arm genommen und ihr gut zugeredet, dass er schon genug für sie beide verdienen würde. Wenn seine eigene Frau von einem anderen Mann oder schlimmer von einem Touristen angesprochen würde, wäre seine Ehre besudelt.

Aber wenn die Kinder zu einer Hochzeit gehen, darf es ruhig mal schicker aussehen, denkt sich Fatima. Während sie die Tischdecke ausbreitet und glattzieht, ruft Hanifa ihren Brüdern zu, dass das Essen bald bereitstehe.

»Kannst du bitte die Teller auf den Tisch stellen?«

»Ja, Mama.«

Hanifa stellt fünf weiße Teller und fünf bunte Becher für Wasser auf den runden Esstisch.

»Holst du bitte noch den Joghurt aus dem Kühlschrank?«

»Ja, Mama.«

Hanifa nimmt den großen Joghurtkanister und reicht ihn ihrer Mutter. Aus dem Abtropfgestell nimmt sie einen großen Löffel und platziert ihn auf dem Esstisch. Hanifa wird bald neun Jahre alt, ihr Bruder Mohammed ist sechs und der Jüngste; Jaleel; vier Jahre alt. Nudeln, Zwiebelsoße, dazu reichlich Joghurt und Weißbrot, es sättigt und tut dem Magen gut. Dazu gibt es Sonnenblumenöl mit süßem Paprikapulver, das Fatima in einer kleinen Pfanne erwärmt hat. Sie hat viel Essen gekocht, damit es auch für den späten Abend reicht.

Hussain kommt durch die Tür und innerhalb weniger Minuten hat sich die ganze Familie an den Esstisch gesetzt.

»Ich danke Gott für das schöne Essen und die Hände, die das Essen zubereitet haben.«

Die Familie greift herzlich zu.

»Danke, mein Schatz.«

»Danken wir Gott für das Essen.«

Fatima küsst Hanifas Stirn, ihre Tochter lächelt zurück. Jaleel läuft zu seinem Papa und wird von ihm auf den Schoß genommen.

»Papa, Papa!«

»Wir danken Gott für das Essen, Jaleel.«

Hussain nimmt die ersten Bissen und füttert anschließend seinen jüngsten Sohn.

Milton Keynes, April 2028
Und jetzt? Bin ich verwirrt?

Ich fühle mich schlapp, weiß heute gar nicht so richtig, worüber ich reden soll. Habe zufällig in der Zeitung wieder von einem dieser Missbrauchsfälle in der Kirche von Milton Keynes gelesen. Seit Jahrzehnten werden die Geistlichen von der Kirchenaufsicht in Schutz genommen, aber die vielen Austritte der Unzufriedenen bringen viel Bewegung hinein. Viele Opfer melden sich und die Medien scheuen sich seit Jahren nicht mehr vor der Kirche.

Wieso komme ich überhaupt auf das Thema? Tja, meinen christlichen Glauben habe ich verloren, als ich erfahren habe, dass Pastor Grady ein paar Jungs unsittlich berührt haben soll, und meine Mutter sagte nur dazu:

»Ach, der hat doch nur aufgepasst.«

In meiner Jugend. Ich kann immer noch nicht fassen, wie blind damals die Leute waren. Oder haben sie aus falschem Respekt den Mund gehalten? Sie haben ihre Augen verschlossen, Bischöfe und Pastoren in Schutz genommen. In der Kirche sind viele Mitglieder verblendet, ich konnte es als Vierzehnjährige nicht fassen.

Wir sind im Jahr 1995 und man versucht immer noch, die Kirche zu decken, zu schützen. Ich bin total wütend, ohnmächtig, weil diese Menschen die Realität verweigern und alles dafür tun, um weiter schweigen zu können.

Ausgerechnet einer aus unserer Kirchen-Jugendgruppe, ich glaube, er heißt Matthew. Der Bursche sollte nie wieder er selbst werden, vorher war er voller Energie,

Kraft und Tatendrang. In seinen Augen erlischt kurze Zeit später das Feuer des Lebens. Die Familie zieht sich diskret von der Glaubensgemeinschaft zurück, macht keinen Aufstand, erhebt keine Anklage, die Mutter hält es mit unglaublicher Kraft aus. Ich habe Respekt vor ihrer Willensstärke, nicht in Bitternis zu ertrinken. Wenige Jahre später sind sie umgezogen, ich hab sie nie wieder gesehen und nie wieder etwas von ihnen gehört. Wenn das jemand mit Brian gemacht hätte – ich glaube, ich säße jetzt im Gefängnis.

Oder nehmen wir das Beispiel von Jimmy Savile, ein Scheusal, ein Superstar als Moderator in England. Der hat sich mit Freundlichkeit und Hilfsbereitschaft getarnt, viele Hilfsprojekte gestartet. Und dann? Was hört man nach seinem Tod? Irgendwas von 300 bis 400 Fälle, viele Mädchen hat er missbraucht, auch dutzende Jungs. Ich sage ja, in dem Moment würde ich zur Mörderin.

Ach, Brian, mein Sohn, er ist mein Engel, obwohl seine Essgewohnheiten an ein anderes Wesen erinnern. Im Alter von fünf Jahren isst er zum Mittag nur Nudeln ohne Soße, und das mehrere Monate lang. Danach kommt er in seine Pommes-Phase, im Alter von zehn Jahren. Zwei Jahre lang darf es nur Pommes zum Mittag geben, immerhin habe ich ihn am Abend mal zu einem geschnittenen Apfel überreden können. Ganz selten isst er Fish and Chips; ich weiß, das ist auch nicht gesund, aber immerhin mal was anderes. In der Weihnachtszeit kreiert er sich seine besonderen Nuss-Nugat-Creme-Brote mit Zimt, Diana und ich sind davon total begeistert, es schmeckt wirklich vorzüglich. Aber jetzt mit seinen fünfzehn Jahren wird es mir doch manchmal zu merkwürdig, ich finde es wirklich manchmal sehr, sehr schräg. Brians neue Lieblingsspeise zum Frühstück ist zum Beispiel Nuss-Nugat-Creme mit Kirschkonfitüre. Brian behauptet felsenfest, dass es wie Schwarzwälder Kirschtorte schmeckt, wenn er noch Sahne aus der Dose drauf sprüht. Ich fand es erst scheußlich! Mich schüttelte es beim Gedanken daran, und jetzt, ja, jetzt esse ich es zum Frühstück, und es schmeckt! Man glaubt es kaum. Mein Sohn experimentiert halt mit jeglicher Art von Essen. Diana hat nur in seiner Pommes-Phase ein bisschen mitgegessen und die Schoko-Zimt-Brote mochte sie, aber dann wurde es ihr auch zu schräg. Wenn Brian mit den komischsten Zutaten in der Küche hantiert, sagt Diana zu ihm im Vorbeigehen:

»Brian, du bist ein Freak.«

Das mit dem Essen ist ja so eine Sache, jeder hat da seine Phasen. Viele behaupten ja: Nein, bei mir nicht. Ich bin da nie aus der Reihe getanzt.

Während ich in der ersten Schwangerschaft mit Brian keine Heißhungerattacken verspürte, habe ich mit Diana wie eine Verrückte und ohne Skrupel kulinarische Kuriositäten kreiert. Zum Beispiel Spiegeleier, die ich sonst überhaupt nicht ausstehen kann, mit supervielen Kräutern und Gewürzen, mit Kakaonibs und Honig drüber, dazu noch Pfeffer. Das würde mir heute nicht mehr auf den Teller kommen. Andrew konnte das irgendwann auch nicht mehr aushalten.

Dann ist da noch meine Tochter Diana, sie verhielt sich bis zum Schuleintritt eher ein wenig schüchtern und zurückhaltend, wenn wir zum Beispiel Besuch hatten. Als sie in die erste Klasse kam, bemerkte ich, dass sie immer aufgeschlossener wurde. Sie ging auf Leute zu, zeigte auf einmal Interessen, die ich vorher nicht bemerkt hatte. Sie ging zum Fußballtraining und wollte in einen Verein eintreten. Wir haben sie dann in eine Gruppe von dreißig Jungs aufnehmen lassen. Sie durfte auch lange in der Liga mitspielen, doch je älter sie wurde, desto öfter musste sie spüren, dass die Jungs vom Trainer bevorzugt wurden. Wir mussten lange suchen, um eine Fußballmannschaft für Mädchen zu finden. Dort ging sie vollkommen auf, sie baute richtig enge Freundschaften auf. Das Training brachte ihr nicht nur Erfolg im Spiel, sondern auch in der Schule. Sie überraschte uns immer wieder mit sehr guten Noten. Daran war der neue Coach allerdings nicht ganz unschuldig.

Wer eine schlechte Note mit nach Hause brachte, durfte nur von der Seitenlinie zuschauen, aber nicht spielen. Diese Mädels waren sehr gut, sie haben sich gegenseitig unterstützt und auch jede dazu gebracht, zu üben. Sie wollten richtig erfolgreich sein. Der Trainer hat das ständig betont. Das mag vielleicht jetzt keinen Sinn ergeben, aber irgendwann wird sich das auszahlen. Tja, vieles hat sich am Ende nicht ausgezahlt. Es kam alles anders, und viel schlimmer, als wir uns vorstellen konnten.

Was man als Mutter nicht alles erträgt und aushält? Dieser unfassbare Schmerz. Jetzt hab ich versucht, mich wieder dem Glauben zu nähern, ich habe nach Trost gesucht. Aber so richtig hilft es mir doch nicht. Zum Glück versucht der Pastor nicht, mich in ein sinnloses Gespräch zu verwickeln oder zu bequatschen. Es reicht, wenn er mich sieht und ein paar freundliche Worte an mich richtet.

Das Haus in Wimbledon ist ja nicht mehr, daher wohne ich wieder in Milton Keynes in meinem früheren Elternhaus. Und auch dort macht das Leben keine Pause, ach ja, ach ja. Ich habe es Ihnen noch nicht erzählt, Doktor Miller, meine Mutter liegt im Sterben. Sie hat panische Angst vor Ärzten und nun Krebs im Endstadium. Sie liegt im Krankenbett, mit den Kabeln und Schläuchen angeschlossen an diese Geräte, mit ihren knapp achtzig Jahren ist sie nun im verhassten Krankenhaus gelandet. Pankreas, keine Chance auf Heilung, der Krebs hat sich im ganzen Körper verteilt. Bald bin nur noch ich da von meiner Familie. Wie Sie ja wissen, starb Clara letztes Jahr überraschend bei einem Autounfall. Der Typ, alkoholisiert, kommt auf die falsche Fahrbahn und kracht in ihr Auto. Meine liebste Clara. Wie ich meine Schwester vermisse. Mit jeder Faser meines Herzens wünsche ich mir, noch einmal mit ihr reden und sie ein letztes Mal umarmen zu können. Sie hat mir immer so viel Trost geschenkt. Schrecklich, schrecklich.

Mein Bruder John starb vor drei Jahren, die arme Seele. Hat sich nackt mit einer Tüte über dem Kopf an einen Staubsauger angeschlossen. Wollte wohl den Kick seines Lebens spüren. Und gab dafür sogar sein Leben hin, sinnlos, sinnlos. Immerhin hat es meine Mutter beruhigt, dass es kein echter Selbstmord war, aber unser Schock darüber, dass er so was praktizierte, war groß. Mein Vater hat danach zwei Wochen lang nicht mehr mit uns, mit seiner Familie gesprochen. Er konnte einfach nicht. Er verstand diese Sinnlosigkeit nicht, er verstand nicht, dass sein Sohn so sterben musste. Mein Vater hat danach schnell abgebaut. Trotz der großen Trauer um John bewundere ich meinen kleinen Bruder, dass er für einen Orgasmus so weit gegangen ist.

Ich besuche meine Mutter jeden Tag. Ich zeige ihr die alten Familienfotos, lese ihr aus der Daily Mail vor und spreche über alte Zeiten. Sie ist dankbar für die Zeit, für die Gespräche, die wir führen. Meine Familienbilder habe ich mit ins Haus meiner Mutter gebracht, ach, das wissen Sie ja, ich schweife ab.

»Alles gut, Ms. MacDonald.«

Ich kann manchmal nur in Kreisen denken.

»Das ist alles gut. Ich höre Ihnen gern zu. Und Sie dürfen mir alles erzählen.«

Wie lange meine Mutter noch zu leben hat, wissen die Ärzte nicht genau. Mein Vater ist vor zwei Jahren einfach eingeschlafen und nicht mehr aufgewacht, jetzt kommt es mir so vor, als wäre das schon lange her. Keine Schmerzen, keine scheußliche Leidensgeschichte – einfach erlöst.

Andrew liebt Fußball. Welcher Engländer nicht? 2018 hat unsere Nationalmannschaft bei der Weltmeisterschaft in Russland nicht übel gespielt. Kolumbien im Elfmeterschießen bezwungen. Schweden mit einem Tor – oder waren es zwei? –besiegt, aber leider am Ende gegen Kroatien und Belgien verloren. Leider nur vierter. Mein Mann hat sich damals so aufgeregt! Aber als die Deutschen nicht mal die Vorrunde geschafft haben, sind ihm vor Lachen die Tränen gekommen. Schadenfreude gegen Deutschland, das gehe doch immer, meinte Andrew.

Er versuchte, auch Brians Interesse für Fußball zu wecken, ich denke, dass mein Sohn mitgespielt hat, um seinen Vater stolz zu machen. Aber irgendwann, ich denke, so im Alter von neun oder zehn Jahren, passte Brian etwas nicht beim Fußball. Und von heute auf morgen hat er aufgehört und ist zum Cricket gewechselt. Ein herber Verlust für Andrew, aber nur am Anfang. Bald war er stolz auf Brians gute Spielergebnisse beim Cricket. Diana war von Anfang an Feuer und Flamme für Fußball, und sie war richtig gut. Sie ist sowieso mehr die Burschikose, trägt kurze Haare, aus praktischen Gründen, damit ist sie schnell geduscht und abgetrocknet. Mit elf Jahren wurde sie in der ersten Halbjahreshälfte Torschützenkönigin und gute Stürmerin. Wurde am Ende der Saison von drei anderen Mädchen überholt, belegte damit den vierten Platz, sie war sehr zufrieden mit ihrer Leistung. Andrew strahlt übers ganze Gesicht, wenn er von seiner starken Tochter erzählt, die gut Fußball spielt.

Ich verabschiede mich nun, Doktor Miller.

»Wir sehen uns nächste Woche.«

Ja, bis nächste Woche!

Mich hält nichts mehr. Nichts. Meine Mutter wird bald sterben. Ich will, nein, ich werde endlich etwas tun, diese Schweine sollen nicht einfach so davonkommen. Immer passiert etwas, aber niemand tut etwas dagegen. Die Politiker reden zwar immer, dass etwas getan wird, aber ich sehe und spüre davon nichts. Es bleibt bei bloßen Versprechungen, Taten folgen nicht. Das werde ich ändern, ich allein werde es ändern. Christopher hat mich überzeugt. Ich werde es tun!

DER HERR:
Hast du mir weiter nichts zu sagen?
Kommst du nur immer anzuklagen?
Ist auf der Erde ewig dir nichts recht?

[…]

MEPHISTOPHELES:
Da dank ich Euch; denn mit den Toten
Hab ich mich niemals gern befangen.
Am meisten lieb ich mir die vollen frischen Wangen.
Für einen Leichnam bin ich nicht zu Haus;
Mir geht es wie der Katze mit der Maus.

– Faust, Johann Wolfgang von Goethe

Ein persönliches Gespräch mit mir.
Mit Wem?
Dem Teufel
Hallo, meine Liebe. Wird ja langsam Zeit, dass du aufwachst.
Wer sind Sie?
Ich habe viele Namen, Asmodäus – Asasel – Baphomet –
Belial – Kölski – Milcom – Scheitan.
Und das bedeutet?
Ach so, du kennst anscheinend viele meiner Namen nicht,
ich bin der Teufel persönlich.
Ja, und was wollen Sie von mir?
Ich habe dir ein Geschäft vorzuschlagen.
Ein Geschäft? Was für ein Geschäft?

(Ein unglaublich schöner Mann erscheint vor ihren Augen,
das Einzige, was sie stört, sind die zwei Hörner, eines links,
eines rechts an seiner Stirn. Aber sie findet, er hat Manieren,
weiß, sich auszudrücken.)

Enchanté, meine Dame.
Bin ich noch am Leben? Oder bin ich schon in der Hölle?
Na, na. Nicht gleich schwarzsehen. Es ist noch nicht aller
Tage Abend für dich.
Verstehe ich noch nicht so ganz.
Wir haben auch ein kleines Problem. Siehst du, also Allah,
Elohim, Gott, der Herr, ja, gut, der Schöpfer.
Ich könnte Stunden damit verbringen, seine Namen aufzu-
zählen. Machen wir es kurz: Wir beide streiten uns gerade
ein wenig.

Wie streiten?

*Wer dich kriegt. Wir beide haben dem Tod, dem Sensen-
mann, unsere Argumente vorgelegt. Aber er kann sich noch
nicht entscheiden.*

Und was möchten Sie von mir?

*Wir schicken dich zurück. Aber du kannst mit mir ein
Geschäft abschließen.*

Aber Sie sind der Teufel.

*Ach komm, nicht so förmlich. Wir werden sowieso bald gute
Freunde. Kannst Du zu mir sagen.*

*Also, du bist der Teufel. Freunde? Ist eine Freundschaft mit
dem Teufel möglich?*

*Ja, das haben wir geklärt. So, hier kommt es. Ich möchte, dass
du Leute umbringst.*

Das mache ich nicht.

Nun hab dich doch nicht so. Ist ganz einfach.

*Nein, also, was soll mir das bringen? Und was springt für
dich dabei raus?*

Für mich ein paar Seelen und für dich, tja, Seelenfrieden.

Was Seelenfrieden? Indem ich andere umbringe? Niemals.

Wir werden sehen, Charlotte, wir werden sehen.

*(Sie kann diese Situation nicht ganz fassen. Der Teufel
kommt ihr näher und näher.)*

*Also, nun wach mal endlich auf. Los, Kleine, ich habe nicht
den ganzen Tag für dich Zeit. Ich habe noch Gäste.*

Was für Gäste? Ich verstehe noch nicht.

Du wirst es bald verstehen. Tschüss.

(Ups. Schwupps ist sie weg.)

Birmingham, 2023
Die liebe Amy Lovers

Amy ist heute etwas spät dran. Sie liebt ihren Beruf als Krankenschwester im Queen Elizabeth Hospital in Birmingham. Schuld daran, dass sie zu spät kommt, ist Jeff mit seinem Knackarsch. Der bewegt sich im Bett wie eine Eins-a-Rakete, so wie sie es mag. Und in der letzten Nacht hat er es besonders lange hinausgezögert. Als sie endlich völlig verschwitzt eingeschlafen sind, war es weit nach drei Uhr. Ein geiler Neujahrsfick, findet sie, und ein guter Start ins Jahr 2023. Sich begehrt zu fühlen ist Amy wichtig. Wenn er seine Lippen nicht von ihren Nippeln nehmen kann, an ihnen zupft und saugt, und wenn er aufstöhnt. Aber der ganz besondere Kick ist es, wenn er sein Begehren mit seinen Lenden zeigt. Wenn er ihr mit seinem kompletten Gewicht, mit seinem ganzen Körper zu verstehen gibt: Ja, dich, ich will dich, Amy Lovers.

Zwar ist Jeff eigentlich nur ein Freund mit gewissen Vorzügen, aber von Zeit zu Zeit auch im Haus ganz nützlich. Beim Aufbau von Betten oder Schränken hat Amy zwei linke Hände, auch die Anleitungen versteht sie meistens falsch. Einmal hat sie einen schwarzen Tisch ganz allein zusammengebaut und der steht noch heute in ihrer Küche. Für den Aufbau der Stühle war sie dann aber wieder nicht zu haben. Also hat sie Jeff eingeladen und ein bisschen unbeholfen getan. Der baute die Stühle zack, zack auf. Quasi als Dankeschön hat sie mit ihm geschlafen. Jeff hat sich dabei wohl wie ein richtiger Kerl gefühlt. So hat das Ganze angefangen.

Amy hat manchmal das Gefühl, dass sie nicht aufrichtig ist, aber sie ist so schnell frustriert. Erst hat sie eine Idee und kurz darauf ein Problem. Dann gibt sie auf und ruft genervt Jeff an. Am Telefon zieht er dann seine Masche ab. In etwa so:

»Nicht schon wieder, Amy, ich hab keine Zeit. Hast du nicht einen anderen Typen?«

Aber Amy weiß, wenn er geil ist, kommt er angeflogen. Sie glaubt, dass er genauso unaufrichtig ist wie sie. Etliche Male hat er ihr schon gesagt, dass er bald die Richtige kennenlerne und dann Schluss sei mit den Besuchen.

»Das ist aber das letzte Mal.«

Wenn er dann Gefallen an einer Frau findet, findet er bald auch irgendeinen Makel an ihr, der ihn wieder grübeln lässt. Und zack! Steht er wieder vor Amys Tür. Sie lässt ihn ein wenig zappeln. Wenn er schon einmal da ist, kann er ja auch das Bild aufhängen oder so, irgendetwas findet sich immer. Aber manchmal braucht er nur seine Beule in der Hose zu zeigen, um sie genauso schwach werden zu lassen, sie wird geil und es ist die Natur der beiden, irgendwann im Bett zu landen. Sie passen zueinander, aber rosarote Gefühle wollen einfach nicht überspringen. Keine Impulse, die das Feuer im Herzen schüren. Einfach Fehlanzeige.

Amy hat sich schon häufig gefragt, warum sich so viele Männer in ihrem Leben als Spinner entpuppt haben, aber genauso wundert sie sich darüber, warum bei Jeff noch nicht die Richtige dabei war. Er hat ja eigentlich alles, was sich eine Frau wünschen kann. Sosehr, wie sie sich darüber wundert, einfach keine Möbel zusammenbauen zu können, wundert sie sich über die wenigen Möglichkeiten langfristiger Beziehungen.

Eine Montageanleitung für einen Kleiderschrank ist für sie genauso schwer wie Hieroglyphen zu entziffern. Aber als Krankenschwester versteht sie ohne Probleme, wie eine Kanüle zu setzen ist, Blut abgenommen oder Blutdruck gemessen wird. Um auf dem Arbeitsmarkt attraktiv zu bleiben, hat sie sich beim Job-Rotation-Programm im Queen Elizabeth Hospital beworben und beteiligt sich eifrig dran, alle paar Monate auf einer anderen Station des Krankenhauses zu arbeiten. Vor der Intensivpflege von Koma-Patienten hat sie großen Respekt.

Ohne dass es sich sofort bemerkbar macht, kann jeder Pflegende einem komatösen Menschen großen Schaden zufügen. Das lange Liegen führt zu Wunden, ein falsch liegender, vielleicht eingeklemmter Arm kann zu wenig Sauerstoff bekommen und muss am Ende amputiert werden. Die Station ist ein Ort der absoluten Ruhe, nur die Maschinen geben Töne von sich.

Amy passiert den Sicherheitseingang mit ihrem Badge, gleichzeitig wird ihre Arbeitszeit gemessen, sie geht durch die hellgrün bläulichen Korridore und direkt in die Umkleideräume, zieht ihre hellblaue Dienstkleidung an, streift ihre Straßenschuhe ab und schlüpft in die weißen Lederschuhe mit den bequemen Einlagen. Sie prüft die Einträge des Tages und wirft einen Blick auf die Patientenakten, die ihr zugeteilt sind. Insgesamt sind es drei Patienten pro Zimmer, acht Räume pro Seite, also vierundzwanzig. Davon sind zwei Räume mit unbekannten Patienten belegt, deren Identität noch nicht geklärt ist. Ihre zwei Kollegen Tomislav, Tomi genannt, und Viktoria, Vika, kommen in den Umkleideraum, Vika zieht eine Sektflasche aus ihrem Rucksack und trällert: »Frooohes neues Jahr!«

Früher hatte Amy Angst, dass die Vorgesetzten sie beim Sekttrinken erwischen. Eine Kündigung wegen Alkoholkonsum wäre ihr Albtraum. Aber als ihre Chefin Tonja selbst einmal Baileys und Schampus mitgebracht und ungeniert zwei Gläser ex gekippt hat, ist Amys Angst verpufft. Wenn Tonja so trinkt, kann diese Abteilung gar nicht so schlimm sein, denkt sich Amy seitdem.

Vika umarmt sie und küsst sie auf die Wange. Auch Tomi umarmt sie, tut dann wieder theatralisch:

»Was für ein Jahr!«

Amy grinst in sich hinein, denn sie denkt an ihre Neujahrsnacht.

»Ja, Amy, reib es uns unter die Nase. Du hattest deinen Jeff zu Hause. Schönes neues Jahr, Süße.«

Amy öffnet den Mund, um etwas zu erwidern, aber Vika wedelt mit der rechten Hand und sagt:

»Du hast schon verloren, Amy, brauchst uns nichts vorzuspielen. Die Unschuld vom Lande bist du weiß Gott nicht mehr.«

Amy fängt laut an zu lachen, ihr ist klar, dass sie keine Chance hat, irgendetwas zu verbergen.

»Also so offensichtlich ist das nun auch nicht.«

»Nein, überhaupt nicht!«, sagt Vika aufgedreht mit der Stimme einer Oberlehrerin. Dann wechselt sie wieder in ihre normale Stimme und sagt: »Nun verschwinde. Los, viel Spaß beim Reden mit deinen Freunden. Alle lieben Amy. Und Jeff liebt sie ein wenig mehr. Ätsch!«

Amy gibt sich empört und atmet tief ein: »Unerhört. Von meinen eigenen Kollegen werde ich hier so was von verarscht.«

»Ja, wirst du, Liebes!«

Amy hört Tomis und Vikas lautes Lachen noch, als sie

den ersten Raum erreicht. Einige der Verletzten sind im komatösen Zustand ins Krankenhaus eingeliefert und ins künstliche Koma versetzt worden. Von drei Patienten ist die Identität unbekannt, sie sind ansprechbar und haben keine Dokumente. Der untersetzte Mann kam zuerst, Halbglatze, braun, hat im Laufe der Zeit natürlich viel Gewicht verloren. Keine Papiere auffindbar, liegt seit einem Jahr im Zimmer. Patientin Nummer zwei, ebenfalls unbekannter Identität, ist im gleichen Zimmer. Schlaff, regungslos liegt sie im Bett, zwischen 35 und 45 Jahren, wegen der fehlenden Anspannung der Gesichtsmuskeln kann das Alter schlecht eingeschätzt werden. Die zweite Frau wird auch zwischen 35 und 45 Jahren geschätzt. Da die Papiere der drei Patienten fehlen, können die Familien nicht ausfindig gemacht werden. Der Mann und die beiden Frauen wurden von London direkt nach Birmingham auf die Intensivstation Raum 3A gebracht.

Amy hat sich Namen ausgedacht, mit denen sie die Patienten anspricht. Sie lässt sich dabei von Filmen und Romanen inspirieren. Sie redet mit ihnen und erzählt, was sie als Nächstes tun wird. Tomi und Vika necken sie deswegen liebevoll und sagen, dass sie nun neue Best Friends Forever, quasi Super-BFFs, gefunden habe. Amy ist das egal. Es lenkt sie von der harten Arbeit ab, mit ihren Patienten zu reden. Außerdem würde sie es als unhöflich empfinden, einfach ihre Arbeit zu verrichten und dann wortlos zu verschwinden. Auch die anderen Kollegen sagen ihr immer mal wieder, sie müsse das nicht machen, aber Amy hofft, dass es den Patienten doch ein wenig hilft, wenn man mit ihnen spricht.

»Guten Morgen zusammen, ich bin's wieder, Amy. Ein gutes neues Jahr!«

Sie prüft die Werte an den Maschinen, checkt den Sauerstoffgehalt. Sie liest die Herzrhythmus-Werte am Elektrokardiografen ab, der alle zwanzig Minuten piept. Anschließend füllt sie die Nahrungsbehälter der Magensonden.

»So, Mr. John, heute wird es Ihnen gefallen. Porridge mit Äpfeln und Zimt, dazu ein Hauch von Vanille.« Vorsichtig drückt sie den Hebel der Kanüle. »Ich muss Sie leider wieder ein wenig drehen. Ich hoffe, das tut Ihnen nicht weh.«

Obwohl Mr. John viel abgenommen hat, ist es für Amy immer noch schwer ihn umzudrehen. Er kann ihr dabei ja nicht helfen. Patienten müssen alle paar Stunden in eine andere Position gebracht werden, um Druckstellen und Wundliegen zu vermeiden. Beim Wenden muss der Körper der Komatösen in Balance gehalten werden, da eine fehlerhafte Körperstellung die Sehnen und Knorpel belasten würde. Die Blutzirkulation und die Sauerstoffversorgung müssen ununterbrochen gewährleistet sein. Am Anfang wog Mr. John noch gut zwanzig Pfund mehr. Die Ärzte entschieden sich aber für eine Reduzierung der Versorgung mit der Magensonde. Sie erhoffen sich dadurch eine schnellere Genesung.

Amy verabschiedet sich liebevoll von ihm und wendet sich zur nächsten Patientin.

»Miss John, auch Sie erhalten das köstliche Frühstück. Leider muss ich Sie auch ein klein wenig bewegen. Wissen Sie, es ist Neujahr und viele haben schon mit Ihren Vorsätzen begonnen. Ich zum Beispiel will mehr Sport treiben. Wenn dabei doch endlich die Pfunde purzeln würden.«

Amy weiß, es wird wieder nichts werden. Sie ist immer

eifersüchtig darauf, wie selbstverständlich Jeff sein Training absolviert, sie begleitet ihn zwar manchmal zum Fitnesscenter, aber nach einer halben Stunde hat sie die Nase voll. Während sie schon aus der Puste ist, ist er gerade mal warm geworden.

Nachdem sie die Pflege von Miss John abgeschlossen hat, dreht sie sich nach links zum Bett Nummer drei im Raum 3A.

»So, Miss Right, jetzt zu Ihnen. Es ist leider grau in grau draußen. Kein Wunder, es ist Januar, 2022. Es schneit nicht richtig, da kommt nur Graupel runter.«

Amy umfasst den Oberkörper und stöhnt unter der Last:

»Uff, aber trotzdem schön, dass wir wieder ein neues Jahr beginnen können, nicht wahr?«

Als sie die Patientin schon halb gedreht hat, greift etwas ihren linken Arm. Amy erschrickt, zieht die Luft scharf ein, lässt den Körper jedoch nicht los. Sie schaut auf ihren Arm. Die Hand der Komapatientin hat ihn umklammert. Amy dankt innerlich ihrer Schulung, in der sie gelernt hat, solche Situation richtig einzuschätzen. Nach sieben Monaten erwacht die Frau nun aus dem Koma.

Patienten reagieren sehr unterschiedlich auf das Aufwachen, einige können sich nur mit Schreien ausdrücken, andere sind ruhig und können nur die Augen als Kommunikationsmittel nutzen. Andere wiederum bewegen ihre Arme und versuchen, sich von den Geräten zu befreien. Dabei werden sie schnell wütend oder frustriert, weil ihr Körper sich nicht so bewegen lässt, wie sie es möchten. Die Körperfunktionen sind noch stark eingeschränkt. Amy weiß, dass der Körper eines Komapatienten enorm abbaut. Die Muskulatur hat sich stark zurückgebildet, die

Signale vom Gehirn zum Körper sind teilweise blockiert oder funktionieren nicht mehr so gut wie vorher. Sie wachen nicht einfach auf und können bei den olympischen Spielen antreten, sagte der Dozent bei der Schulung. Jeder Patient, jede Patientin braucht ein intensives Training und Rehabilitation, zum Teil Sprechübungen in der Logopädie. In der Sprachpathologie wird geschaut, ob Aphasien oder Dysarthrien vorhanden sind. Wenn es während des Komas zu etwas Schlimmerem, wie einem Schlaganfall gekommen ist, müssen mit der Neuroplastizität neue neuronale Verbindungen aufgebaut werden, ein langwieriger Prozess. Das Gehen muss wieder erlernt und die Muskulatur dafür aufgebaut werden. Begleitet wird das Ganze mit ständigem Physiotraining mit Dehnübungen. Das Gehen in einem Haptic Walker wieder zu erlernen, also das Laufen von einem Bein zum anderen zu steuern, kann Monate in Anspruch nehmen.

Amy schaut Miss Right ruhig ins Gesicht, die Augen sind geöffnet. Sie scheint gefasst und nicht wütend oder frustriert zu sein, sie scheint alles genau zu erfassen. Amy erinnert sich an ihre Funktion als Krankenschwester: Sie hat über den ersten Schreck vergessen, eine Nachricht abzugeben. Wenn ein Komapatient erwacht, muss ein Arzt informiert werden. Mit ihrer freien Hand drückt sie auf ihren Beeper, der einen kurzen Alarm auslöst.

Am Neujahrstag sind nur wenige Ärzte zugegen, aber Nachrichten aus der Intensivstation haben Priorität. Miss Right öffnet und schließt ihre Augen in einem regelmäßigen Rhythmus. Ihr fehlt das linke Auge, weil eine Eisenstange durch ihren Kopf geschossen ist und ihr Auge zerquetscht hat. Ein künstliches Auge wurde gesetzt, aber das bewegt sich nicht. Amys Gehirn kann die Bewegungen des rechten Auges, das hin und her schaut, und die Regungslosigkeit des linken Auges nicht zusammenbringen. Sie versucht zwar, das auszublenden, aber ihre Logik meldet sich bei ihr und warnt sie davor, dass hier etwas nicht stimmt. Auch etwas, das sie im Training gelernt hat: In solchen Momenten meldet sich das Unterbewusstsein und kann falsche Signale geben. Das Gehirn lässt sich nicht einfach so auf stumm schalten oder austricksen. Miss Right hebt und senkt ihre Augenlider, nun etwas unregelmäßiger, aber sie öffnet sie immer wieder. Amy löst ihren Arm sanft aus der Umklammerung, nimmt die Hand der Patientin und drückt sanft zu. Die Patientin drückt leicht zurück. Ein sehr gutes Zeichen. Amy lächelt.

»Hallo, ich bin Amy. Können Sie mich verstehen?«

Die Frau antwortet nicht, aber schaut Amy direkt an. Es scheint, als ob die Frau sich daran erinnern muss, wie man spricht.

»Der Arzt wird gleich kommen«, sagt Amy, lächelt sie warmherzig an und drückte noch einmal die Hand.

Amys Augen füllen sich mit Tränen, als ein kleines Lächeln zum Vorschein kommt, die Frau drückt ihre Hand. Amy weiß jetzt, dass diese Patientin zu den Lebenden gehört und ihr folgen kann.

Der Arzt kommt durch die Tür gerauscht und Amy lässt die Hand los. Sie steht auf und übergibt ihm die Krankenakte.

»Ihr habt gehört, dass den Alten gesagt ist: ›Auge um Auge, Zahn um Zahn‹. Ich aber sage Euch: Leistet dem, der euch etwas Böses antut, keinen Widerstand, sondern wenn dich einer auf die rechte Wange schlägt, dann halt ihm auch die andere hin.«

– Mt 5,38 f.

Wie soll das gehen, wenn der eigene Hass überhand-nimmt?

Allein

Ich liebe die Einsamkeit
Ich bin gerne allein,
um meine Gedanken zu ordnen
um mich zu besinnen,
um zu träumen,
um Probleme zu lösen,
um zu lesen und schreiben.
Ist es so schlimm, alleine zu sein?
Ich denke nicht!
Nur der; der sich damit nicht zurecht findet,
hat ein Problem!

Entschuldigung, Doktor Miller, der Bus kam zu spät, aber nun bin ich ja da. Ich bin total gehetzt.

»Guten Tag, Miss MacDonald. Das ist überhaupt kein Problem, mein späterer Termin wurde abgesagt. Daher können wir unsere Sitzung ganz normal abhalten.«

Oh, dann ist es ja nicht so tragisch, dass ich zu spät bin.

»Absolut nicht.«

Ich bin ein wenig aus der Puste, ich setze mich erst mal hin. Es ist ja sehr schönes Wetter. Ich habe noch eine Flasche Cola gekauft und trinke mal einen Schluck. So viel Sonne und blauer Himmel. Ich werde nach der Sitzung ein Eis essen. Diana, meine Tochter, liebt Stracciatella und dazu Sahne-Kirsch, genauso wie ich. Das liebe ich immer noch. Wenn ich einmal meine Lieblingssorte finde, bleibe ich auch dabei. Meine Tochter hat genauso wie ich alle Eissorten mal probiert, aber später ausschließlich Stracciatella mit Sahne-Kirsch genommen. Viele finden ja, es wäre langweilig, immer die gleichen Eissorten zu essen, aber ich kann nicht anders, es gehört zu mir. Entweder ich habe meine Tochter beeinflusst oder sie hat am Ende mich beeinflusst. Ich weiß es nicht.

Ich wohne nun seit fünf Jahren wieder in Milton Keynes, im Haus meiner Eltern. London ist ja abgeriegelt, man darf nur mit Ausnahmegenehmigung einreisen. Unser früheres Haus in der Gegend von Wimbledon, wo ich mit Andrew, Brian und Diana gelebt habe, ach, was solls, ist mit allem Drum und Dran, ja, ich weiß es, ich weiß es, es ist zerstört, alles. Die ganzen Tennisfelder existieren nicht mehr. Kein Wimbledon, keine Sportvereine, dort ist kein Leben mehr möglich.

Es ist sehr schwierig, unter diesen Umständen eine neue Zukunft aufzubauen. Und dazu dieses ständige Gelaber der Politiker:

»Halten Sie durch!«

»Wir schaffen es!«

»Los, geben Sie sich einen Ruck! Wir gemeinsam für England!« Dieser Slogan-Wahnsinn macht mich richtig wütend. So wütend!

Schmeckt wie kalter Kaffee, in den einer ordentlich reingespuckt hat. Ich kotze auf diese Stimmungsmache und diese Haltung. Was soll denn aus uns werden? Aus den Opfern?

Und ich soll das Beste aus der Situation machen. Sie sind eine der wenigen, die mir noch zuhören, Doktor Miller, und mir nicht gleich Lösungen vorschlagen. Wie ich es hasse. Kann ich nicht einmal jemanden finden, der mir einfach nur zuhört? Ständig dieses Gerede.

»Lach doch mal, Charlotte. Geh doch mal wieder aus, Charlotte. Nutze den Scheißtag, Charlotte, nutze die Scheißzeit, Charlotte.«

Entschuldigen Sie meine Wortwahl, aber ich schalte da auf Durchzug, ich ertrage es nicht mehr. Ich wechsle besser das Thema, sonst rege ich mich wieder zu sehr auf. Ich habe gestern sowieso eine schlechte Nachricht erhalten. Das haben Sie ja nicht mitbekommen, aber in der letzten Woche ging es meiner Mutter schlechter und schlechter.

Tja, meine Mutter liegt nun im Koma, ihr Krebs wird sie besiegen. Die Ärzte geben ihr nur noch einige Tage, vielleicht noch ein paar Wochen. Meine Mutter wird wohl im April 2028 sterben. Die Maschinen verlängern ihr Leben. Die Entscheidung liegt bei mir, ich kann jederzeit abschalten lassen, meinten die Ärzte im Milton-Keynes-Krankenhaus. Aber ich bringe es nicht übers Herz, es fühlt sich an wie Mord an meiner eigenen Mutter, die ich doch liebe. Es klingt jetzt blöd, aber ich hoffe, sie gibt auf. Ich hoffe, sie lässt los, damit ich nicht den Ärzten sagen muss: Macht Schluss. Meine Mutter ist Teil meines Lebens. Sie hat immer auf mich Acht gegeben, mir Mut zugesprochen. Aber jetzt liegt ihr Leben in meinen Händen. Ungerecht, einfach ungerecht. Clara müsste hier sein, meine große Schwester hätte mir die Entscheidung abgenommen. So wie früher, meine liebste große Schwester kümmerte sich immer um mich.

Und dieses Scheißarschloch von Autofahrer nahm sie mir auch noch weg. Angeblich zu viel Alkohol im Blut, zwei oder drei Promille. Mit seinem blauen Wagen soll er bei Nebel meine Schwester mitten auf dem Zebrastreifen überfahren haben. Hat erst noch angefangen zu bremsen, nachdem er meine geliebte Schwester zig Meter weggeschleudert hat. Kein Wunder bei dem Tempo, das er angeblich gefahren ist. Im Bericht steht, dass er in einer Einbahnstraße mit Tempolimit 30 mindesten 85 Meilen pro Stunde draufhatte.

Wie viel kann ein Mensch ertragen, Doktor Miller? Wie weit kann ich noch gehen? Ich frage mich das ständig.

Ich bin 48 Jahre alt, heiße immer noch Charlotte Mac-Donald, kriege Witwenrente, viel vorzuweisen habe ich nicht mehr. Ich habe keine Ziele im Leben, habe nichts, worauf ich stolz sein kann. Diana und Brian, ich muss lachen, Scheiße, wir heißen wie eine Fast-Food-Kette MacDonald. Andrew ist stolz auf seinen Nachnamen, ein

Original, ein Unikat betont er immer. Entschuldigen Sie, aber manchmal habe ich so viele Themen im Kopf, dass ich vieles gleichzeitig besprechen möchte.

»Ja, ich verstehe Sie sehr gut. Wenn ich mit Freunden rede, geht es mir oft genauso.«

Ach ja, ich werde verreisen.

»Das klingt ja sehr gut, Miss MacDonald! Wohin geht denn die Reise?«

Nach Afrika.

»Oh, das ist ja interessant. Wann soll es denn losgehen?«

Im Juni. Ich möchte Erinnerungen auffrischen, daher geht es nach Ägypten. Diana interessierte sich für Kleopatra und Brian damals für die Pyramiden. Ich gönne mir eine Reise und freue mich darauf.

»Haben Sie sich das gut überlegt? Und muten sie sich nicht zu viel zu? Sie könnten woanders hin verreisen.«

Ja, ich bin mir sicher.

»Ich möchte Sie nicht davon abhalten, aber ich möchte meine Bedenken äußern. Sie und ihre ganze Familie wollte gemeinsam so eine Reise unternehmen. Nicht dass sie überwältigt werden von ihren Gefühlen.«

Kann ich mir gar nicht vorstellen.

»Viele von uns, auch ich selbst, können eine Situation erleben die uns völlig überrascht.«

Was meinen sie damit?

»Ich gebe ihnen ein Beispiel, etwas Persönliches. Mein Mann kann von hohen Aussichtsplattformen aus, erhöhten Leitern einfach runterschauen. Aber ich habe seit meiner Kindheit Höhenangst.«

Aber das ist ja etwas ganz anderes.

»Gewiss, und das stimmt auch. Aber ich habe keine

Angst vor dem Fliegen, weil ich den Boden im Flugzeug ja sehen kann.«

Ja, und was hat das mit den überwältigenden Emotionen zu tun?

»Wir sind nach Toronto geflogen, und mein Mann hatte überlegt wir können zum CN Tower gehen. Ich war selbstbewusst und hatte ja gedacht, da ist Teppich, ich kann in die Weite schauen, es ist nur die direkt Höhe. Es waren nicht so viele Leute da, und dann sind wir während des Gesprächs zufällig auf dem Glasboden gestanden und er sagte, schau, wie schön. Und ich habe einen Bruchteil einer Sekunde geschaut und war wie gelähmt.«

Ich habe keine Höhenangst.

»Es sollte nur ein Beispiel sein, und in seltenen Fällen nutze ich auch mal meine eigenen Erfahrungen in meinem Leben.«

Verstehe, aber ich bin sehr überzeugt, dass es mir helfen wird. Und ich möchte das sehr gerne.

»Gut, dann wird das bestimmt sehr schön.«

Oh, ja, nicht nur schön, das wird eine richtig wichtige Phase meines Lebens. Endlich wieder eine Reise in ein anderes Land. Und nach so vielen Jahren habe ich 2028 wieder einen Urlaub verdient, denke ich.

»Das freut mich ungemein für Sie, Miss MacDonald. Das haben Sie sich wirklich verdient. Und ich unterstütze Sie in ihrer Entscheidung«

Aber manchmal weiß ich mit meiner Verzweiflung nicht wohin, sie ist immer wieder da. Ich wache am frühen Morgen auf, in meinen Träumen habe ich die schönsten Momente meines alten Lebens noch einmal durchlebt, und dann haut es mich um, es haut mich aus den Socken, wie man so sagt. Kein Mann, keine Kinder.

Ich werde das ja nie vergessen können. Auch meine Wut kann ich schlecht kontrollieren, ich finde keinen Halt mehr. Eigentlich ist es ja auch wieder toll, dass ich machen kann, was ich will. Davon träumt man doch immer? Ich muss keine Rücksicht auf meine Mutter oder meine Familie nehmen, keiner bemerkt, was ich tue. Na ja, wenn es okay ist, würde ich heute gern früher gehen.

»Natürlich, Miss MacDonald. Das ist in Ordnung.«

Ich werde noch einmal anrufen und Ihnen mitteilen, wann ich wieder in Milton Keynes sein werde. Wir können das Gespräch fortführen, wenn ich wieder da bin.

»Genauso machen wir das. Wir können auch jetzt schon neue Termine planen. Oder möchten Sie sich bei mir melden?«

Ich rufe bestimmt an, sobald ich wieder da bin.

Ich wünsche Ihnen einen schönen Tag, Doktor Miller.

»Danke, und Ihnen, Miss MacDonald, eine schöne Urlaubsreise.«

Warum sollte ich sie überhaupt anrufen? Ich soll mich melden bei Doktor Miller, ich bin doch dann überhaupt nicht mehr da. Ich bin nicht mehr die Alte, das spüre ich. Ich raste schneller aus und in mir brodelt eine Wut, eine Wut, die ich nicht mehr länger kontrollieren kann. Ich fluche häufiger, und ich hasse Ausländer, nicht ein paar, sondern alle Ausländer. Ich unterscheide nicht zwischen guten und schlechten Ausländern. Sie sind es doch, die mein Leben verflucht haben. Sie haben mir alles genommen, alles, alles, alles, alles. JA, ALLES…

SIE SOLLEN STERBEN!

BRENNEN IN DER HÖLLE!!!

DIESE SCHEISSSCHWEINE!!!

Wimbledon, April 2022
Mama ist wieder wichtig

»Mamaaa! Maaama! MAMA!«

Diana ruft durchs ganze Haus, während Charlotte auf der Toilette sitzt. Kindern ist die Privatsphäre ihrer Eltern fremd, Charlotte weiß, ihre Tochter wird nicht aufhören, also antwortet sie:

»Ja, ich bin auf der Toilette.«

»Ach so, okay, ich warte dann in meinem Zimmer.«

»Liebes, ich brauche noch etwas. Und komme dann zu dir.«

Charlotte ist es immer peinlich, wenn sie von der Toilette aus spricht. Nach einer Ewigkeit hat sie sich erleichtern können. In letzter Zeit plagen sie Verstopfungen und ihre Hämorriden fühlen sich vom vielen Drücken schlimm an. Ihr ist bewusst, dass sie nicht drücken soll, aber sie tut es aus Gewohnheit.

Sie geht zu ihrer Tochter.

»Ja, Liebes, was wolltest du denn von mir?«

»Ich habe Bauchschmerzen.«

Diana hat von Zeit zu Zeit Bauchschmerzen. Aber ihre monatliche Blutung hat noch nicht eingesetzt. Charlotte fragt sich, ob es nun so weit ist.

»Ich bringe dir eine Wärmflasche und eine Schmerztablette.«

»Danke, Mama.«

»Soll ich dir noch eine warme Suppe machen?«

»Ja, gern, danke.«

Dianas gequälte Miene erhellt sich etwas, ein Lächeln

taucht in den Mundwinkeln auf. Mehr braucht die Mutter in der Situation nicht zu machen, um Trost zu spenden.

Charlotte erinnert sich an ihre erste Blutung, an diese schreckliche Situation. Als junges Mädchen hatte sie keine Ahnung davon. Sie wusste zwar, dass ihre Schwester einmal im Monat üble Bauchschmerzen hatte, aber sie wusste nicht genau, was es war. Auf der Toilette entdeckte sie das erste Mal Blut in ihrer Unterhose, sie glaubte, sie wäre unheilbar krank und müsse sterben. Sie schrie, bis ihre Mutter die Tür zum Badezimmer aufriss, ihr ins Gesicht schlug und fauchte:

»Mach nicht so einen Lärm! Was ist denn das für ein Benehmen?!«

Beides schmerzte ungemein, der ungerechtfertigte Schlag ins Gesicht und der Unterleib, der sich zusammenzog.

So eine Erfahrung will Charlotte bei ihrer Tochter unter allen Umständen vermeiden. Die Tage zu bekommen, ist ein einschneidendes Erlebnis; sie soll keinen Schock davontragen.

Charlottes Mutter hatte sie noch ausgeschimpft, dass das nun auch bei ihr anfinge. Sie fühlte sich schuldig, dass ihre Mutter Monica ihretwegen genervt war. Nein, danke, meine Tochter soll es bei Weitem angenehmer haben, dachte Charlotte sich. Die Menstruation würde aus ihrer Tochter eine junge Frau machen, und sie sollte stolz darauf sein können.

Andrew hatte Charlotte einmal von einem ähnlich einschneidenden Erlebnis als Junge erzählt:

»Also, die Erinnerung an meinen ersten Schuss, fast jeder Mann weiß zu genau, wann der erste Samenerguss stattfand.«

Bei Andrew passierte es im Familienurlaub auf dem Campingplatz. Mehrere Toiletten und ein zusätzliches Plumpsklo hatte es dort. Er stand also gekrümmt in der Kabine vor dem Plumpsklo der Sanitäreinrichtung und hantierte hektisch und so leise wie möglich an sich herum. Er hörte, wie ein Mann den Raum betrat, zu den Waschbecken ging und anfing, sich zu rasieren. Die Aufregung, erwischt zu werden, brachte Andrew so durcheinander, dass der Schuss auf einmal einfach kam. Andrew lachte laut auf, als er Charlotte erzählte:

»Die ganze Soße, mein erster Samenerguss. Voller Erfolg.«

Danach verließ er die Kabine und erschrak kurz beim Anblick seines eigenen Vaters, der mit nacktem Oberkörper vor einem Waschbecken stand und sich rasierte. Sie sagten beide nichts, während Andrew sich die Hände wusch. Andrew sagte Charlotte, dass die Ironie dabei war, dass er sonst immer vermied, aufs Plumpsklo zu gehen. Der Vater musste es also gewusst haben, machte daraus aber keine große Sache. Nur ein kleines Grinsen konnte sich sein Vater nicht verkneifen. Andrew grinste ein wenig dämlich zurück, aber als die Stille zwischen ihnen ihm zu peinlich wurde, ging er sofort raus.

Charlotte hätte sich gewünscht, dass es auch als Frau so einfach wäre: ein dämliches Grinsen zur Mutter und die Sache wäre erledigt.

»Toll, du wirst als Mann gefeiert und ich kriege von meiner Mutter Schläge ins Gesicht. Und dazu noch ein schlechtes Gewissen.«

»Na ja, es ist natürlich nicht vergleichbar«, versuchte Andrew die Situation zu retten.

Aber heutzutage können beide darüber lachen, wenn er dann sagt, soll ich dir zeigen, wie ich es versucht habe.

Charlotte steht in der Küche und kocht eine Spargel-cremesuppe. Es ist eine Tütensuppe, deshalb gibt sie ein paar von den übrigen Kirschtomaten dazu, um die Suppe frischer wirken zu lassen. Charlotte schneidet zwei Brot-scheiben vom Laib, beschmiert diese mit Butter und streut Kresse und Salz darüber. Sie legt die Brote, einen Esslöffel und einen tiefen Teller auf das gelbe Tablett.

Anschließend probiert sie von der Suppe, sie schmeckt würzig und lecker. Sie füllt den Teller und geht mit dem Tablett zu ihrer Tochter. Kaum hat sie es auf den Schreib-tisch gestellt, sagt sie:

»Ach, wo hab ich nur meinen Kopf? Ich bringe dir gleich die Wärmflasche!«

Nach ein paar Minuten taucht sie wieder auf.

»Hier, mein Schätzchen, lass dir die Suppe schmecken.«

»Danke. Mom, hast du auch manchmal Schmerzen?«

»Ab und zu, aber ich weiß, dass es früher schlimmer für mich war.«

»Das heißt, es wird noch schlimmer?«

»Ich bin ja über vierzig, ach scheußlich, das sagen zu müssen.«

»Na ja, ein wenig… , aber alt bist du nicht.« Diana lächelt.

»Ein wenig? Und das heißt?«, empört sich Charlotte.

»Hm … du bist fit, aber manchmal isst du gerne Süßes.«

»Ja, sag es ruhig: Sprich dich nur aus.«

Mit einem Augenzwinkern sagt Diana: »Tja, und des-halb bist du pummelig.«

»Ich bin schockiert! Oh, meine Tochter denkt, ich bin pummelig.«

»Entschuldige, Mami.«

»Tja, dafür ist es zu spät!«, spielt Charlotte die Empörte und lacht. »Ich bin jetzt die pummelige Mutter.«

Sie nimmt ihre Tochter in den Arm und küsst sie auf den Kopf. »Es wird dir gleich besser gehen, weil deine pummelige Mutter dich liebhat.«

»Ach Mama, so meinte ich das nicht.«

Charlotte bleibt noch ein wenig bei ihrer Tochter und sie reden über die Reise nach Ägypten. Diana freut sich schon sehr.

»Das ist das Land der alten Pharaonen und die Pyramiden sind Tausende von Jahren alt. Ich habe früher immer gedacht, die Sklaven hätten immer arbeiten müssen. Aber das stimmt nicht.«

»Nicht? Ich dachte das auch immer. Dass die viel arbeiten mussten und keine Rechte hatten.«

»Ja, Mama, und dann erzählt Mr. Scott, also, sie mussten ja auch was essen und hatten eine Unterkunft, und haben viele Kinder bekommen. Laut unserem Lehrer sind das dann die neuen Sklaven auf dem damaligen Arbeitsmarkt gewesen.«

»Interessant.«

Charlotte freut sich darüber, dass wieder ein wenig Leben in ihrer Tochter erwacht ist.

»Und natürlich kosteten die Sklaven auch etwas, denn für so viele Menschen musste man Nahrung beschaffen, und es gab Köche und Aufpasser und so eine Art Polizei, die die Sklaven kontrolliert haben.«

»Aha. Und was willst du in Ägypten unternehmen?«

»Ich will unbedingt auf Kamelen reiten und gut essen. Ich freue mich einfach auf eine schöne Urlaubsreise.«

»Ja, ich freue mich auch.«

Sie gibt Diana noch einen Kuss.

»Ich muss jetzt Wäsche waschen, ich schaue später noch mal nach dir. Wenn was ist, kannst du ja rufen.«

»Danke, Mama.«

Wie schön, meine eigene Tochter kann noch Danke sagen, denkt sich Charlotte. Aber das mit der pummeligen Mutter...

Milton Keynes, Mai 2028
Die Entscheidung fällt

»Du bist dir wirklich sicher?«

»Absolut.«

»Du weißt, Charlotte, wenn das Ding hochfliegt, gibt es kein Zurück mehr. Es ist endgültig. Du musst das verstehen. Dein Leben ist dann vorbei.«

Charlottes Gesicht verhärtet sich.

»Ja, ich hoffe es sogar.«

»Du wirst das nicht überleben.«

»Mein Leben ist schon lange vorbei. Sie sollen dafür büßen.

Zur Hölle mit ihnen und ihrem Scheiß.«

»Ich würde dir gerne helfen, aber …«

»Du brauchst nichts zu sagen.«

Charlotte betrachtet Christopher, der vor ihr im Rollstuhl sitzt. Ihre Mimik verrät sie, das Mitleid schiebt sich in ihren Gesichtsausdruck.

»Wir hatten eine Vereinbarung, kein Mitleid mit mir. Meine Wut ist noch da.«

»Ja, und meine auch.«

»Du rächst dich, mich, Fiona und deine Familie. Alle Engländer. Das ist eine wichtige Aufgabe.«

»Ja, ich tue es für jeden Briten. Für meine Familie, für alle!«

Er weiß, dass Charlotte Verstärkung dringend nötig hat, aber Christopher kann seit dem Tod seiner Frau Fiona nicht mehr gehen. Und in Kairo ist es schwer, mit dem Rollstuhl durch Märkte zu kommen.

Der Anschlag in London hat so viel verändert, mit einem Schlag hat Charlotte ihre beste Freundin verloren. Und er seine geliebte Frau Fiona. Und sie haben viele Freunde verloren. Das Vereinigte Königreich war wie gelähmt, die Bevölkerung befand sich in Schockstarre. Wie konnte so etwas nur passieren?

Ihre eigene Familie, nie wieder ein Lächeln von Andrew, nie wieder Brian, der sich zum Training aufmacht, nie wieder Diana, die spontan die Hände um Charlottes Hüfte schlingt und sich fest an sie schmiegt. Der Tod der eigenen Familie verändert für immer. Charlotte hat Gewalt immer verabscheut, aber nun sieht sie keinen anderen Ausweg. Auge um Auge, Zahn um Zahn, keine Vergebung. Und jetzt erträgt sie keine weiteren Sitzungen mit Doktor Miller, ihrer Psychologin. Am Anfang sehr sympathisch, immer freundlich, immer auf Augenhöhe, hat sich nie über sie lustig gemacht. Hat ihr zum Teil Hoffnung zugesprochen, aber Miller ging ihr immer mehr und mehr auf die Nerven.

Charlotte weiß nicht warum, sie hat auch häufiger Kopfschmerzen. Vielleicht weil von Doktor Miller meistens immer die gleichen Antworten, die gleichen Vorschläge kommen. Keine Lösungen oder neuen Perspektiven, ihre Psychologin ist nur in der Lage, Floskeln zu produzieren. Charlotte hasst es, sie hasst alles. Allein die Aussicht auf Rache kann sie manchmal positiv stimmen.

»Also, ich habe dir alle Zutaten aufgeschrieben, und die Menge an Millilitern«, sagt Chris.

»Wie ich das metrische System hasse.«

»Also, du kannst es auf deinem Handy speichern.«

»Tja, und dann muss ich nur noch die Sachen kaufen.«

»Du solltest die Sachen über mehrere Tage verteilt und in verschiedenen Läden kaufen. Kauf auch noch andere Sachen dazu, damit du nicht auffällst.«

»Ja, ich kann ja kein Arabisch und muss es mit dem Translate-Programm übersetzen.« Charlotte nickt. Mehr gibt es nicht zu tun. »Zum Glück bist du der Chemiker, Chris.«

»Ja, und ich danke dir für deinen Mut, Charlotte.«

Chris erlebte Fionas Tod nicht selbst mit, denn sein Leben schwebte selbst lange in Gefahr. Nach zehn Tagen im künstlichen Koma hatte man ihn kontrolliert wieder aufgeweckt. Er wurde nur kurz ohnmächtig, für den restlichen Aufenthalt im Krankenhaus war er bei vollem Bewusstsein. Er musste sich anhören, was die Ärztin ihm erzählte. Ein Baum hatte seinen Wagen zertrümmert und seine Beine zerquetscht. Die Linde stürzte um – die Polizei vermutet, von einer Detonation – und krachte auf das Auto, dadurch wurden seine Beine mehrfach gebrochen und gequetscht. Die Blutversorgung zu den Blutgefäßen in beiden Beinen wurde lange unterbrochen, die Sehnen haben unter der Last des Baumes lange unter Stress gelitten. Die fehlende Sauerstoffversorgung hat die Beine zum Teil abfaulen lassen.

Im Krankenhaus versuchten die Ärzte durch mehrere Operationen, die Blutgefäße einzeln und jede Sehne an ihren richtigen Platz zubringen. Am Anfang schien die Heilung zu klappen, doch während Chris im künstlichen Koma lag, verschlechterte sich der Zustand seiner Beine. Der Befund lautete: eine erneute lebensgefährliche Sepsis.

Den Ärzten blieb keine Wahl und sie nahmen eine Amputation vor. Einen Teil beider Oberschenkel mussten sie mit entfernen.

Christopher litt an starken Depressionen. Die Tage im Krankenhaus schienen unendlich lang, die Schmerzen waren schwer zu ertragen. Mehrere Wochen lang wurde er von Pfleger Jim umsorgt. Er sprach ihm gut zu, fütterte und wusch ihn. Chris fühlte sich wie eine schwere Puppe, wenn Jim ihm im Krankenbett zu bestimmten Uhrzeiten hochhob, um alles zu überprüfen. Er legte den Katheter für Infusionen und nahm diesen wieder ab.

Wenn Christopher pinkeln musste, hob Jim seinen Oberkörper an, damit er seinen Penis selbst in das Urinal halten konnte. Die ersten Male war es Christopher unangenehm, dass ein fremder Mann ihm dabei zuschaute.

Jim war nie verlegen, er machte sehr direkte Vorschläge, zum Beispiel hatte er Chris angeboten, ihm Windeln anzulegen. Christopher hatte dankend abgelehnt.

»Damit würde ich mich wie ein Baby fühlen.«

Die erste Darmentleerung in diesem Zustand war das Inhumanste, Schlimmste und gleichzeitig Lustigste, was er je erlebte. Wegen des Bewegungsmangels musste seinem Darmtrakt ein wenig geholfen werden. Jim erklärte Chris sehr genau, was passieren würde.

Mit einer kleinen Tube werde ihm ein abführendes Mittel injiziert, woraufhin sich innerhalb weniger Minuten der Darm entleere. Bei Verstopfungen werden häufig abführende Mittel genutzt.

»So genannte Laxantien.«

Jeder Mensch reagiere anders auf diese Prokinetika. Das normalerweise gut verträgliche Mittel, das man einführen müsse, wirke auf die Muskulatur des Darms und helfe dabei, eine gesteigerte Vorwärtsbewegung auszulösen. Auch könne es spontane Reaktionen hervorbringen, es könne starke Verstopfungen lösen und werde auch bei spontanen proktoskopischen Vorgängen eingesetzt, beispielsweise um in Notfällen eine Darmspiegelung zu ermöglichen.

»Also, das nennt man eine Koloskopie.«

Als Pfleger versuchte Jim, sehr deutlich zu machen, dass keinerlei Schamgefühl nötig war. Er war außerdem der Meinung, dass Humor es erträglicher mache.

»Christopher, also Chris, in deinem Fall kannst du das selbst ausführen. Das überlasse ich dir, wenn du es dir zutraust. Bei älteren Menschen muss ich die Tube einführen. Aber aus versicherungstechnischen Gründen und der Krankenhausvorgaben muss ich zumindest dabei sein.«

»Machst du Witze?«

»Nein. Ich kann dir auch helfen und deine Hand führen.«

Chris überlegte kurz und sagte: »Ich tue es selbst. Ich glaube es einfach nicht. Volle Überwachung hier. Aber du hast in deiner Arbeit ja schon alles gesehen.«

»Ja, schon einiges. Bereit?«

Chris presste die Lippen zusammen und nickte.

Jim hob Chris' Oberkörper hoch und setzte ihn auf die Patiententoilette. Mit seinen Fingern führte Christopher die Tube an sein Gesäß, schob die vordere Kanüle in seinen Anus und drückte fest zu. Das Mittel fühlte sich warm an und Chris merkte, dass sich etwas in seinem Darm tat. Aus Scham hielt er den Blick gesenkt.

Er versuchte, die Sekunden zu zählen, und wartete darauf, dass sein Stuhl aus ihm herauskommen würde. Er hätte nicht damit gerechnet, was Jim im nächsten

Moment laut mit der Stimme eines Opernsängers sagen würde:

»Jooo, Mann! Ich sehe es deinem Gesicht an. Du musst loslassen, jetzt bricht der VULKAN aus!« Jim musste laut lachen.

»Halts Maul!«

Christopher wurde so wütend auf diese Welt, dass er jegliche Kontrolle über seinen Körper verlor und sich entleerte. Und bei der ganzen Geschichte schaute ihm ein Mann zu, der ihm anschließend neben trockenem viel feuchtes Toilettenpapier brachte.

Chris wischte sich so gut es ging sauber und hoffte, dass es vorbei war. Aber sein Körper wollte nicht aufhören, sein Darm ließ immer mehr raus.

Jim lachte und sagte:

»Junge, Junge! Da geht was ab!«

»Halt die Fresse, Jim!« Aber dieses Mal lachte Chris laut auf. »Bitte nichts mehr sagen. Ich kann mich nicht konzentrieren.« Chris musste heftig lachen, was dazu führte, dass noch mehr aus seinem Körper schoss.

»Du konzentrierst dich doch schon genug. Aber nicht drücken, das gibt Hämorrhoiden.«

Jim hielt sich die Arme vor den Bauch und krümmte sich vor Lachen. Dann kam ein lauter langer Furz aus Christopher.

»Hör auf, hör auf! Ich kann nicht mehr«, keuchte Jim und wischte sich Tränen aus den Augenwinkeln.

»Du hast leicht reden, ich habe doch keine Kontrolle mehr.«

»Tja, es kommt raus, was rauskommen muss. Lieber raus, als rein. Nicht wahr?«

Zu der Wut auf die Welt, die Christopher ununterbrochen empfand, gesellte sich Dankbarkeit für Jim, der es schaffte, ihn trotz der starken Schmerzen und der Depression, ein Lachen auf die Lippen zu bringen.

An seinem letzten Tag im Krankenhaus tat Jim etwas, was Christopher sich nie hätte vorstellen können. Es war ein Akt der Liebe, der ihn in den Tiefen seiner Seele berührte. Dieser Moment vereinte beide für immer. Jim half Christopher bei der Körperpflege und die Berührungen seiner Hand wurden sinnlich. Christophers Körper reagierte sehr sensibel, da er nackt war, war seine Erektion offensichtlich. Erektionen hatte er in solchen Situationen auch vorher gehabt, woraufhin sie meistens mit verschämten Blicken reagiert hatten.

Aber an diesem Tag hatte sich die Stimmung im Raum schlagartig geändert, es existierte keine Scham zwischen beiden. Jim grinste ihm offen ins Gesicht, auch Chris konnte sich ein Grinsen nicht verkneifen. Als er gerade dachte, die Situation hätte sich geklärt, ging Jim in die Knie. Die Zunge berührte seine erogenen Zonen und Christopher schloss die Augen. Es dauerte nicht lange.

Sie haben nie darüber geredet. Für einen kurzen, aber intensiven Moment hatte Chris sich Fiona vorstellen können. Er wusste nicht, wie er es geschafft hatte, aber sein Pfleger hatte ihm für einen Augenblick das Licht des Lebens zurückgebracht.

Chris glaubte tief und fest daran, dass sein Leben nutzlos war und für immer so bleiben würde. Der Abschied von Jim fiel ihm schwer, schwere als er erwartet hat.

Der Einzug in das Heim war schrecklich, niemand kümmerte sich richtig um ihn, vieles musste er selbst beantragen. Die Formulare waren zeitintensiv und die Genehmigungen zogen sich über Wochen hinweg. Der Kontakt mit Charlotte brachte ihm ein wenig Freude. Im Laufe ihrer Bekanntschaft bemerkte er, wie sie sich veränderte, die einst lebensfrohe und liebevolle Frau versank in Verbitterung. Vorher war sie freundlich, interessiert und aufgeschlossen gewesen, nun wirkte sie gehetzt, war schnell gereizt und hatte manchmal so einen kalten Blick, der ihm unheimlich war, aber gleichzeitig gefiel. Charlotte ging in der Rache auf, durch sie konnte er seine Rache umsetzen.

Fiona. Ach, meine Fiona, denkt Chris öfter, als er ertragen kann. Er weigerte sich lange, ihren Verlust anzuerkennen. Wieso ist das nur passiert?

Sie waren auf dem Weg zum Londoner Flughafen, um Charlotte abzuholen. Es war ein schöner sonniger Tag. Fiona und er haben auf der Fahrt herumgealbert, hatten eine gute Stimmung. Die Erinnerungen an den Rest des Tages sind von einem Rauschen belegt. Er kann sich nicht daran erinnern, was passiert ist.

Er wachte im Krankenhaus auf. Wegen der Zerquetschung der Beine und der folgenden Komplikationen hatten ihn die Ärzte in ein künstliches Koma gelegt. Soweit konnte er das nachvollziehen. Aber die Erinnerungen daran, wann etwas passierte, erreichten ihn nicht.

Hätte ich etwas sehen müssen? Hätte ich etwas tun können?

Schuld. Er gibt sich immer wieder die Schuld an dem Tod seiner Frau, seiner geliebten Fiona.

Die psychologische Beratung, auch die Gruppengespräche können sein Mantra nicht zähmen. Nach außen hin zeigt er sich einsichtig, um keine weiteren Gespräche ertragen zu müssen. Sein Psychologe hat ihm immer wieder aufgegeben zu erkennen, dass Christopher großes Glück habe, noch zu leben.

Ist es das?

Was ist das für ein Leben?

Er hat nichts zu bieten. Die Chancen, wieder eine normale Beziehung zu führen, sollen ja angeblich hoch sein. Aber er fragt sich, was er einer neuen Frau überhaupt bieten könnte? Sein Leben ist ein Scherbenhaufen, nichts ist mehr, wie es früher einmal war.

Er wird immer auf Hilfe angewiesen sein. Nicht erst, wenn er alt ist, sondern jetzt und für den Rest seines Lebens.

Jegliche Normalität ist verloren, die einfachsten Sachen sind nicht mehr möglich. Keine Beine zum Gehen. Kochen am Herd, der Gang zur Toilette, im Park spazieren, Hosen anziehen, Waschmaschine befüllen – all das ist nicht mehr möglich.

Einmal ist er vom Rollstuhl gefallen. Seine Hand hat nicht schnell genug Halt gefunden. Dabei hat Christopher sich heftig den Kopf am Waschbecken gestoßen und ein wenig geblutet.

»Fuuuck! Fuck you life!«

Wie ein Hilfloser kam er sich vor. Er musste lernen, wie er sich drehen konnte, ohne die Beine zur Hilfe zu nehmen.

Selbst wenn er es manchmal versucht, er schafft es nicht, etwas Positives zu sehen. Die Gedanken kreisen ununterbrochen um Fiona. Seine Fantasie spielt ihm einen Streich. Ihre Brüste, ihr Po, er saugt an ihren Nippeln, er fickt sie im Liegen, im Stehen, sie reitet auf seinem Schoß.

In seinen Träumen kann er gehen, Fahrrad fahren, Tennis spielen. Dann wacht er auf. Er liegt im Bett und empfindet sich als einen stinkenden Haufen Mist. Doch das Verlangen kommt nicht nur im Traum, es beschäftigt ihn auch tagsüber. Wenn er es nicht mehr aushält, wenn der Schmerz in seinem Unterleib stärker wird, wenn es sich anfühlt, als ob seine Hoden immer dicker würden, legt er selbst Hand an. Dabei schämt er sich, weil Fiona nicht mehr da, ihr Leben erloschen ist.

»Keine Sorge, ich packe das schon«, versichert Charlotte noch einmal mit ihrem kalten Blick.

»Das wirst du, da bin ich mir sicher.«

Sie bückt sich, umarmt ihn und macht sich auf den Weg nach Hause. Die Vorbereitungen sind seit Monaten am Laufen.

Es war Zufall, dass Chris wieder in Charlottes Leben trat. Mitten in Milton Keynes hatte sie ihn entdeckt, vor einem kleinen Laden in der Nähe des Bahnhofs.

»Was machst du denn hier, Chris?«

»Ich bin neu hier, musste umziehen. Ich freue mich, dich zu sehen, Charlotte.«

»Mein Beileid für Fiona.«

»Danke, und meins für dich und deine Familie.«

Erst in diesem Moment realisierte Charlotte, dass er im Rollstuhl saß. Sie reagierte wie ein Kind, das noch nie einem behinderten Menschen begegnet ist: Sie starrte.

»Entschuldigung.«

»Danke, ich glaube, Beileid brauchen wir nicht mehr. Diese Mistkerle haben meine Frau getötet und mein Leben ruiniert. Und dir deinen Andrew und deine Kinder genommen.«

»Genau. Sie haben mein Leben versaut und meine Familie gestohlen.«

Danach besuchte sie Chris regelmäßig. Sie erzählten sich alte Geschichten, lachten, weinten und trösteten sich. Doch in all dieser Trauer in ihren Herzen keimte die Saat der Wut auf. Etwas musste passieren.

An dem Tag, an dem sie Christopher wiedergetroffen hatte, hatte sie ein neues Lebensziel erkannt. Ihr Wesen veränderte sich. Sie öffnete dem Hass die Tür.

Christopher riet ihr, sich Doktor Miller gegenüber so normal wie möglich zu verhalten und ihre Wut zu verbergen. Aber außerhalb der Therapiestunden wurde der Hass für Charlotte ein Ventil, das ihr sogar Vergnügen bereiten konnte. Sie war impulsiv wie ein Kind.

Wie sonst soll ich das alles überstehen, sagte Charlotte sich. Andere sollen erst mal in meine Lage kommen, um über mich zu urteilen. Dann können sie auf Augenhöhe mit mir diskutieren.

Sie denkt, dass die anderen sie nicht verstehen, nicht im Geringsten. Früher hat sie selbst vieles nicht verstanden. Warum wird jemand so, fragte sie sich, als eine Mutter ihre Kinder aus dem Fenster schmiss. Für Charlotte war diese Frau eine Hexe. Aber als Brian tagelang an Koliken litt, hätte sie ihn gerne selbst aus dem Fenster geworfen. Man urteilt schnell, wenn man wenig weiß. Aber manchmal passieren Dinge, die einen Menschen in den Grundfesten erschüttern, die einen Menschen zerreißen, die einen Menschen wahnsinnig machen.

Etwas Neues beginnt. Und in Charlottes Fall ist es der Hass, der ihr Erlösung verspricht.

Kairo, 2067
Fatima – ein bewegtes Leben

Fatima lächelt. Nach all den Jahren hat sie ihren Frieden gefunden. Sie hält ihr Enkelkind Mikael ganz fest, küsst seinen kleinen Kopf und zeigt mit dem Finger auf die weiten Felder.

»Schau, mein Mikael. Siehst du das alles? Die ganzen Felder?«

Sie genießt den Ausblick auf die Weizenfelder. Sie sitzen im Schatten des großen Feigenbaums und überblicken Hunderte Heuballen, die auf den goldschimmernden Feldern aufgestellt sind. Sie küsst Mikael noch einmal und drückt ihn fest an sich. Ihr Enkelsohn lacht hell auf, löst sich aus ihrer Umarmung und springt um den Stamm des alten Baumes herum. Ihre beiden Enkelkinder sind bei ihr. Selima wird bald neun Jahre alt und Mikael ist vor Kurzem fünf geworden. Fatima ist dankbar, dass sie ihr im Alter so viel Freude schenken. Trotz der Schmerzen in den Handgelenken und Knien bemüht sich Fatima, mit den kleinen Energiebündeln mitzuhalten. Sie hütet die beiden wie einen Schatz. Allein das Wort Jeddah, Oma, zu hören, ist ein Segen. Bald wird sie 65 Jahre alt.

Es ist viel Zeit vergangen seit dem Tag, an dem ihr erster Schatz, ihre ersten Kinder, starben und mit ihnen ihr geliebter Ehemann. Sie selbst wurde nur leicht verletzt, lange hatte sie das Glück nicht sehen können, es war unter Groll, Hass und Trauer verschüttet.

Der Einkauf auf dem Wochenmarkt im Juni 2028 hatte ihr Leben auf einen Schlag zerstört. Alles ging so schnell.

Hanifa, Mohammed, Jaleel und Hussain schlendern weiter, während Fatima die Auslage des Gemüsehändlers begutachtet. Sie entscheidet sich gegen die Auberginen und wendet sich ab, um ihrer Familie zum Kleidungsgeschäft zu folgen. Sie freut sich darauf, festliche Kleidung für ihre Kinder zu kaufen, damit sie etwas Schönes für die Hochzeit ihrer Cousine haben. Sie hält inne. Der Blick einer Unbekannten lässt sie nicht los, bis heute kann sie sich genau an den Augenblick erinnern. Der verzweifelte Blick dieser Frau, dieser Moment, der alles, was sie liebt, tötet.

Die Explosion zerreißt die Wände der Marktstände, Menschen fliegen durch die Luft, Fatima wird von der Druckwelle erfasst und nach hinten geschleudert. Sie landet auf einer Auslage mit Fleischtomaten. Die Ladenfenster bersten. Fatima hört nur noch ein Pfeifen im Ohr, sie liegt in einem Meer aus zerplatzten Tomaten, ihre Kleidung, ihr Kopf, ihr Gesicht, alles ist mit dem Fruchtfleisch bedeckt. Sie hat die Orientierung verloren. Sie weiß nicht mehr, wo sie ist. Nach Sekunden fällt ihr ein, warum sie in großer Sorge ist. Mohammed, Jaleel, Hanifa, Hussain.

Wo seid ihr?

Sie waren nur wenige Meter vor ihr gewesen. Verzweiflung umklammert ihr Herz. Verwirrt sieht sie, wie Menschen mit aufgerissenen Augen auf sie zukommen.

Sie glauben, dass ich blute. Wegen der Tomaten.

Aber bis auf einen dumpfen Schmerz am rechten Bein und am Arm ist alles okay. Ihr Gehör kehrt langsam zurück.

Zögerlich ruft sie: »Hussain? Hussain! Wo sind die Kinder? Hanifa? Haaanifa?!«

Ist sie laut? Oder zu leise? Frauen beugen sich über sie. Fatima schiebt sie zur Seite. Menschen rennen über den

Marktplatz. Sie versucht es noch einmal: »Mohammed! Mohammed! Jaleel! Jaleel?«

Fatima spürt Hitze an ihrer Haut und sieht Feuer, das an den zerstörten Marktständen frisst. Angst und Hoffnung wechseln sich im Sekundentakt ab. Angst, dass sie verletzt sind, Hoffnung, dass es ihnen gut geht. Langsam begreift Fatima, dass noch etwas viel Schlimmeres passiert sein könnte.

»Allah! Hilf mir! Bitte hilf mir!«

Tränen laufen über Fatimas Gesicht, zeichnen Spuren auf die von Tomatenfleisch beschmierte Haut, sie bekommt keine Luft, ein unglaublich tiefer Schmerz im Herzen ergreift Besitz von ihr. Sie kann nicht mehr sprechen.

Immer mehr Menschen strömen auf den Markt, sie rufen sich gegenseitig etwas zu, löschen das Feuer, heben andere Menschen vom Boden auf. Fatima nimmt Polizeisirenen wahr, Dutzende von Polizisten treffen auf dem Markt ein, versuchen, Ordnung ins Chaos zu bringen. Nach und nach werden Verletzte herangetragen und an einem Krankenwagen versorgt, Sanitäter sind dazugekommen und verarzten die Verwundeten. Polizisten und Feuerwehrleute bergen Leichen. Immer mehr Leichen werden hinter dem Krankenwagen aneinandergereiht.

Fatima sieht, dass sie einfach nicht damit aufhören, Leichen unter den Trümmern des Platzes hervorzuziehen. Ihr Körper schmerzt, aber nicht so sehr wie ihr Herz. Nun schreit sie:

»HUSSAIN! HUSSAIN! HANIFA! HAAANIFA! WO SEID IHR?«

Fatima versucht, ihre Familie in der Menschenmenge zu erkennen, aber es herrscht ein wildes Durcheinander von Männern, Frauen und Kindern, die helfen wollen, aber nicht wissen, wo sie anfangen sollen. Viele stehen am Rand und schauen hilflos zu, andere reden wild miteinander und schreien. Polizisten versuchen, das Chaos zu bändigen und geben Anweisungen, die für noch mehr Chaos sorgen und bei den Umstehenden Wut verursacht.

Fatima schaut, sucht und ruft, aber sie merkt, dass ihre Stimme zu leise ist, sie erhält keine Antwort. Endlich sieht sie einen Mann, der ihren Sohn Mohammed in den Armen hält, ihren Engel. Fatima stürzt auf die Knie. Ihr Herz zerbricht. Mohammeds T-Shirt ist zerrissen, seine Beine und Arme baumeln von den Armen des Mannes herunter. Er rührt sich nicht. Sie weiß als Mutter, dass er nicht mehr lebt. Sie streckt dem Mann die Arme entgegen, doch er bemerkt sie nicht. Sie versucht gleichzeitig Luft zu holen und zu schreien, sie erstickt fast, bis ihr Gehirn wieder die Kontrolle übernimmt. Ihre Lungen füllen sich mit der vom Feuer erhitzten Luft. Erst jetzt kann sie weinend schreien.

Nach und nach wird ihr Leben in Stücke gerissen. Sie sieht, wie Helfer ihren blutverschmierten Hussain zu den Leichen tragen, sie erkennt Hanifas zerfetztes Kleid und fängt hysterisch an zu lachen. Was von ihrem Herz noch übrig ist, zerspringt in tausend Stücke, als sie Jaleel sieht, seinen kleinen leblosen Körper. Das Anrecht auf Leben wurde ihm genommen, ihm wurde jeglicher Sinn entzogen. Ihr Gehirn lässt keinen Gedanken mehr zu. Sie krallt ihre Hände in ihre Haare, ergreift dann einen Stein aus den Trümmern und schlägt ihn fest auf ihre Stirn. Sie fühlt nichts. Erst als Blut in ihre Augen läuft, hört sie auf. Sie atmet noch einmal tief ein, sie erkennt eine Frau mit einem blauen Kopftuch, es ist ihre Nachbarin, die zu ihr kommt, Fatima schließt die Augen und flüstert:

»Bitte, Gott, nimm mich zu dir.«

Die Nachbarin sagt etwas, aber Fatima versteht nicht, was sie sagt, sie verliert das Bewusstsein.

Ihre Zukunft, ihr Leben waren ausgelöscht. Alle waren tot. Warum nicht ich? Warum? Warum?

Das blieb lange ihr Mantra, die Frage, warum sie leben durfte. Ihre Schwiegermutter warf ihr vor, dass sie lebe, aber ihr Sohn Hussain nicht. Auch ihre Enkelkinder habe sie verloren. Warum sie nicht richtig auf ihre Kinder aufgepasst habe, fragte die Schwiegermutter immer und immer wieder. Hilflos und wütend schreit sie Fatima an: »Haram, Haram! Dein Leben soll verflucht sein!«

Die Worte stachen Fatima tief ins Herz. Erst verlor sie ihren Mann und ihre Kinder, und dann verfluchte die Schwiegermutter ihr Leben. Fatima wäre lieber mitgestorben, als auch nur einen einzigen Tag, ohne sie zu leben. Sie wollten doch nur einkaufen gehen – und ein Angriff vernichtete ihre gesamte Familie. Sie empfand keine Freude mehr, keinen Hunger. Sie war dem Wahnsinn nah und zog wieder bei ihren Eltern ein. Während ihre Mutter und ihr Vater in Fatimas Klagelied einstimmten, löste die Schwiegermutter das Haus auf. Sie ließ alles ausräumen und verbot Fatima, ihr jemals wieder unter die Augen zu treten. Auch viele Freundinnen und Freunde wandten sich von Fatima ab. Ihre Verwandten überschütteten sie mit ihrem Mitleid, das sie mehr belastete als tröstete.

Erst nach ein paar Jahren kehrte Ruhe in Fatimas Geist ein. Die nächtlichen Tränen versiegten, die Bitternis nahm ab. Ihre Mutter Warda, Rose, war geduldig und schenkt ihrer Tochter Trost und Liebe. Nachdem Fatima wieder in der Lage war zu lachen, tauchte ihre Mutter mit einem Ehekandidaten auf. Sie hätte Warda dafür verfluchen können. Er war etwas älter, hieß Mirhat. Ihre Mutter bat sie, ihm wenigstens eine Chance zu geben. Aber Fatima fragte sich, wie. Wie sollte sie einem anderen Mann als Hussain eine Chance geben? Sie würde damit Hussain verraten und entehren. Niemals, niemals, dachte sie sich. Mohammed, Jaleel, Hanifa. Wie sollte sie die Ehre ihrer Kinder hochhalten? Sollte sie nach drei Jahren einfach einem neuen Mann eine Chance geben und alles, was davor gewesen ist, vergessen?

Schließlich veranlasste Fatimas Mutter, dass Mirhat zusammen mit einer Heiratsvermittlerin zum Essen kam. Alle benahmen sich so, als wäre er schon jahrelang ein Familienmitglied.

Der neue Verehrer war ganz anders als andere Männer, die Fatima bisher kennengelernt hatte. Er war kein Macho, keine Angeber, sondern ein ruhiger und belesener Mann. Er sprach sanft, aber bestimmt, überlegte, bevor er ein Wort an sie richtete. Normalerweise wäre bei solch einem Treffen auch Mirhats Familie anwesend gewesen, doch er verlor seine Eltern schon sehr früh. Seine Frau und sein Sohn starben bei dem Anschlag, der auch Fatimas Familie tötete.

Fatima erkannte den Schmerz in Mirhats Augen, es war der gleiche, den sie seit Jahren spürte. Die Heiratsvermittlerin, eine angeheiratete Tante von Mirhat, brachte einen Kuchen mit, eine Schokoladentorte aus einem Schweizer Laden mitten in Ägypten. Fatima fand das sehr exklusiv, sie erinnert sich noch heute an den flüssigen Schokoladenkern. Sie vermutete, dass Mirhat viel Geld dafür hatte bezahlen müssen.

Fatima hatte in den letzten Jahren auf jeden Genuss verzichtet, jeder Spaß war ihr wie ein Betrug an ihrer Familie vorgekommen. Doch an diesem Abend war sie gezwungen, ein Stück von der Torte zu essen. Wenn sie sich geweigert hätte, wäre es eine Schande für ihre Mutter und ihren Vater gewesen. Nachdem sie den ersten Bissen gekostet hatte, fühlte sie, wie ihre Lebensgeister erwachten. Die Geschmacksknospen ihrer Zunge schmeckten die intensive Süße. Die Kombination aus weißer und dunkler Sahneschokolade hinterließ ein sehr schönes Gefühl in ihrem Mund, Fatima freute sich. Mirhat schaute ihr aufmerksam zu und lächelte. In seinen Augen schimmerte die Hoffnung auf ein besseres Leben. Fatima senkte beschämt den Blick. Noch nie zuvor hatte sie so eine leckere Torte gegessen. Sie konnte sich ein kleines Lächeln nicht verkneifen. Die Heiratsvermittlerin beobachtete die beiden ununterbrochen und erkannte die Anzeichen ihres Erfolgs. Sie hatte es wieder einmal geschafft. Die Hochzeitsvorbereitungen konnten beginnen.

Nachdem die Gäste gegangen waren, redete Fatima in der Küche mit ihrer Mutter.

»Soll ich Mirhat denn wirklich heiraten?«

Warda zog an ihrer Zigarette und antwortete ihr sanft:

»Nicht jeder erhält die Chance, ein zweites Mal zu heiraten, Fatima. Du bist meine Tochter und ich möchte, dass du glücklich bist.«

Fatima hob die Hand und öffnete den Mund, um etwas zu erwidern.

»Fatima, warte, ich bin noch nicht fertig. Lass mich es dir besser erklären.« Warda drückte die Zigarette aus und nahm Fatimas Hand in ihre: »Fatima, wir werden älter.

Dein Lebensinhalt soll nicht sein, uns zu umsorgen. Dein Vater möchte auch, dass du glücklich bist. Er ist wie ich der Meinung, dass du es verdient hast, die Tür zu einem neuen Leben zu öffnen.«

»Aber ich brauche noch etwas Zeit.«

»Das verstehe ich, mein Liebes.«

»Gute Nacht, Mama.«

»Gute Nacht, meine Tochter.«

Fatima schlief in der Nacht schlecht, sie träumte wirr. Der erste Traum handelte von ihren Kindern, Mohammed trug einen blauen Anzug und ein weißes Hemd, Jaleel einen schwarzen Anzug mit einem blauen Hemd. Hanifa trug ein geblümtes Kleid in Blaugrün. Alle drei schauten sie böse an.

»Mama liebt uns nicht mehr.«

»Nein, wie könnt ihr so etwas sagen? Ich liebe euch über alles!«

»Du wirst uns vergessen.«

»Nein, sagt so was nicht. Ich werde euch nie vergessen!«

»Versprichst du uns das?«

»Ja, bei meinem Leben.«

»Gut, dann darfst du.«

»Was darf ich?«

Bevor die Kinder antworten konnten, riss Fatima schweißgebadet die Augen auf.

Im zweiten Traum war der Himmel über Kairo tiefschwarz und wurde von roten Blitzen erhellt. Fatima stand allein auf dem dunklen Marktplatz. Auf den Straßen und an den Gebäuden loderte Feuer. Wie aus dem Nichts schossen Tausende brennende Marktstände aus dem

Boden. Sie hörte keinen Ton, sie spürte nur die Hitze. Fatima beobachtete die Explosionen. Stände, Gebäude und Autos explodierten. Sie sah es von Weitem und doch wie aus der Nähe. Die Szene wiederholte sich. Fatima fühlte sich bedeutungslos, sie fühlte sich ohnmächtig. Wie sollte sie das aufhalten? Inmitten des Chaos erblickte sie eine tiefrote Rose, deren samtige Blütenblätter mit Tautropfen benetzt waren.

Fatima ging auf sie zu. Die Explosionen und die Hitze ebbten ab. Fatima kniete sich vor die Blume und hielt die Hände schützend um sie. Die Rose schien einen Puls zu haben. Fatima hob den Blick in den Himmel und sah, dass er in einem freundlichen hellblau strahlte. Auf den Auslagen der Marktstände leuchteten Tausende Blumen in gelb, rosa und weiß. Alles um sie herum war voller Farben. Von tiefer Freude erfüllt, wachte Fatima auf.

Ein drittes Mal träumte sie, dass sie in der Küche ihres alten Hauses war. Sie erkannte Hussain, der neben ihr am Tisch saß. Er lächelte sie an und hielt ihre Hand.

»Gott sei gedankt, dass du da bist. Hast du auch so großen Hunger?«

Fatima schaute Hussain an, dann auf den Tisch. Ein großer Teller mit Men-a-Men stand vor ihnen.

»Ja, ich habe großen Hunger.«

»Dann nimm es an.«

»Ich verstehe nicht.«

»Du musst wieder Hunger haben. Wir können später essen.«

»Ich kann dir nicht folgen.«

»Ach, meine arme Fatima, du musst mir nicht folgen, du musst nur Hunger haben.«

»Wie bitte?«

»Ich frage dich noch einmal: Hast du auch so großen Hunger?«

»Ja, mein liebster Hussain, ich habe großen Hunger.«

»Dann leb, leb dein Leben. Du hast Hunger nach Leben. Und ich bin glücklich, wenn du es annimmst. Ich liebe dich, Fatima, mein Engel.«

»Und ich liebe dich, Hussain.«

»Du hast meinen Segen. Lass uns zusammen essen.«

Fatima wachte glücklich auf, sie fühlte Freude und Hoffnung.

Sie spürte zwar auch ein wenig Ratlosigkeit, konnte sie aber nicht richtig einordnen. Alles schien gut zu sein, doch sie brauchte Zeit, bis auch ihr Herz die Schwere ablegen und Freude in sich spüren konnte. Drei Tage darauf willigte sie ein.

Sie heirateten im kleinen Rahmen. Nachdem sie sich beim Standesamt das Jawort gegeben hatten, feierten sie in Fatimas Elternhaus. Wenige Gäste waren eingeladen, sie trug kein Weiß, sie hatte sich für ein schlichtes, aber schönes grünes Kleid entschieden. Mirhat trug einen grauen Anzug und ein hellblaues Hemd mit dezenten weißen Streifen. Dazu hatten sie eine dunkelgrüne Krawatte ausgesucht. Fatima konnte sogar lachen, als er beim Versuch, ihr mit der Gabel ein Stück von der Obsttorte in den Mund zu schieben, schnell die Hand zurückzog. Sie schaute ihn lachend und mit hochgezogenen Augenbrauen an. Ihr neuer Ehemann antwortete sanft: »Auf ein zweites Mal.«

Fatima war positiv überrascht, als sie entdeckte, dass Mirhat kochte und putzte. Er schenkte ihr zwei Kinder, ihren Sohn Sohail und ihre Tochter Suad. Beide studierten an der Cairo University und gründeten eigene Familien.

Mittlerweile braucht Fatima eine Brille um fernzusehen. Das Alter hat auch Vorteile, denkt sie sich oft. Sie betrachtet die Vergangenheit nicht mehr nur mit Schmerz, sondern sie sieht auch das Glück, das sie erfahren durfte: Sie durfte zwei gute Ehemänner kennenlernen und fünf Kinder bekommen. Dadurch, dass sie die Vergangenheit akzeptiert, hat sie gelernt, gelassen zu sein.

Mikael, ihr Enkelsohn, streichelt leicht über die Narbe, die sie sich damals selbst auf dem Markt zugefügt hatte und küsst seine Jeddah. Ihr Wunsch zu sterben, wurde nicht erfüllt, im Gegenteil sie erhielt eine zweite Chance. Fatima fühlt sich vom Glück gesegnet, wenn ihre Enkelkinder um sie herumtollen und ihren Lebensabend mit ihrem hellen Lachen und ihrer Liebe bereichern.

Kairo, viele Jahre vorher
Fatimas neues Glück

Fatima sitzt mit ihrer Mutter auf dem Sofa, im Fernseher läuft die Wiederholung einer türkischen Sultan-Serie. Sie plaudern miteinander, achten kaum auf den Inhalt der Folge. Fatima kann nicht mehr viel im Haushalt erledigen, da sie im neunten Monat schwanger ist und nur noch darauf wartet, dass die Wehen einsetzen. Ihre Mutter hilft ihnen, so gut es geht. Fatima freut sich auf ihr Kind, aber die Sorgen vor der Geburt lassen sie nachts schlecht schlafen. Ihre Mutter teilt ihre Freude und ihre Sorgen, in letzter Zeit denkt Warda wieder oft an die Vergangenheit. Alle hatten auf einen Jungen gehofft, aber laut Ultraschalluntersuchung ist es ein Mädchen. Mirhat freut sich trotzdem und sagt immer wieder, dass seine Tochter es immer gut haben soll. Das Leben muss gefeiert werden, sagt er oft und fügt jedes Mal hinzu: »Allah ist groß.«

Fatima war in der gesamten Schwangerschaft zwischen Selbsthass und Glücksgefühlen hin- und hergerissen. Sie fragte sich, warum Gott ihr ein neues Leben schenke und ob er sich das neue Leben auch später nehmen wolle. Es fühlte sich für sie an, als wollte ihr das Schicksal einen Streich spielen. Im nächsten Moment konnte sie nicht glauben, dass sie wieder ein neues Leben in sich spürte. Der Arzt hatte zu ihr gesagt:

»Sie sind schon im fünften Monat!«

Sie konnte nicht fassen, dass es ihr vorher nicht aufgefallen war und erst der Arzt sie darauf hinweisen musste. Ein schreckliches Gefühl war anschließend in Fatima aufgekommen. Sie hatte befürchtet, Verrat an ihren Kindern Hanifa, Mohammed und Jaleel zu begehen. Der Traum, in dem sie ihr Einverständnis gegeben hatten, war immer mehr verblasst. Sie hatte sich als verlorene Braut und als verlorene Mutter gefühlt. Die Hoffnung war nur langsam wiedergekommen, mit jedem Tag musste Fatima lernen, sich wieder auf etwas Schönes freuen zu dürfen.

Ihr Umfeld hatte ganz anders reagiert.

Warda hatte aufgeschrien: »Vielen Dank, Allah! Du bist der Große und der Weise.«

Auch Mirhat war zunächst überrascht gewesen, freute sich dann aber mit ganzem Herzen über die Schwangerschaft.

Als Fatima die ersten Bewegungen in ihrem Bauch gespürt hatte, hatte sie angefangen zu weinen. Sie wiegte sich hin und her, streichelte ihren Bauch und flüsterte: »Ja, ich liebe dich.«

Die Bewegungen wurden stärker. Es war, als würde das Leben in ihr spüren, dass es willkommen ist. Fatimas Herz machte einen Sprung. Als Mirhat an diesem Abend nach Hause kam, sprang ihr Herz ein zweites Mal. Er sah verändert aus. Fatima wusste nicht, was genau es war, aber sie spürte seine Anwesenheit, seine Worte und seine Berührungen intensiver, als er sie begrüßte:

»Guten Abend, Fatima.«

Sie waren noch dabei, sich in der neuen Ehe einzufinden. Die richtigen Worte fehlten ihnen oft, doch an diesem Abend war es anders. Mit aufrichtiger Freude in ihrer Stimme sagte Fatima: »Guten Abend, mein stolzer Mann.«

Er war bewegt, sie spürte in ihrer Umarmung, dass er zitterte.

»Und du bist meine schöne Frau.«

Vielleicht war dies der Moment, der ihre Ehe endgültig besiegelte und ihre Liebe zueinander zuließ. Ab diesem Moment wurde Fatima von Tag zu Tag glücklicher.

Doch je näher der Tag der Geburt rückte, desto mehr Sorgen nisteten sich in ihre Gedanken. Jedes Mal, wenn ihr Körper ihr signalisierte, dass die Geburt bevorstand, geriet ihre Gefühlswelt durcheinander.

Fatima isst Kürbiskerne, während Warda von der Nachbarin erzählt: »Also, Fadime kommt aus der Wohnungstür und sagt doch allen Ernstes ...«

Fatima schreit auf: »Aah!«

»Was ist los?«

»Ich glaube, das war die erste Wehe.«

»Ah, die Geburt beginnt!«

»Ich weiß es noch nicht«, sagt Fatima, doch dann krümmt sie sich vor Schmerzen: »Autsch, oh, Hilfe! Ich sterbe.«

»Noch nicht, mein Kind. Noch nicht. Zuerst muss dein Baby kommen. Ich meine das im Scherz.«

Warda nimmt ihr Handy und ruft im Krankenhaus an.

Das Kind hatte es eilig. Kaum dass der Krankenwagen das Krankenhaus erreichte, war schon der Kopf zu sehen. Wenige Minuten später kam ihre Tochter im Kreißsaal auf die Welt.

Als ihr Najmah das erste Mal in die Arme gelegt wurde und diese blauen Augen sie anguckten, liefen Fatima Tränen übers Gesicht. Es war das Beste, was ihr je hätte passieren können. Nach all den Schicksalsschlägen wollte das Glück wieder die Kontrolle übernehmen und ihr ein Wunder schenken. Sie hatte ihren Glauben verloren, doch nun sagte sie mit fester Stimme: »Gott, ich danke dir für das neue Leben. Allah, du schenkst mir Liebe.«

Wenige Jahre später gebar sie ihren Sohn Youssef und noch einmal dankte sie Gott für die Hoffnung und die Liebe, die sie erfahren durfte.

Birmingham, 2023
Amy Lovers staunt nicht schlecht

Jedes Mal, wenn Amy die Station betritt, freut sie sich von Neuem darüber, dass Ms. Right aus dem Koma erwacht ist und gute Fortschritte macht. Sie hatte keine Ahnung, dass ein Mensch, dem eine Eisenstange durch den Kopf gejagt wird, weiterleben kann. Tomislav hat im Internet nach ähnlichen Vorfällen gesucht und die Geschichte von Phineas Gage gefunden.

»Phineas P. Gage.«

»Wie bitte? Wie heißt der?«, fragt Amy und beugt sich über Tomis Handy.

»Phineas Gage. Der hat sich bei einer Sprengung eine Eisenstange durch den Kopf geschossen.«

»Oh mein Gott, und er ist nicht dabei gestorben? Wann war das?«

»So im Jahr 1850 oder etwas davor.«, zuckt Tomi die Schultern.

»Nein, ich glaube es nicht. Und hier steht, dass vor zehn Jahren oder so ein Eduardo Leite bei Bauarbeiten… hm… wow. Dem hat sich auch eine Eisenstange durch den Schädel gebohrt, die soll wie Butter durch seinen Helm gegangen sein.«

»Mach keine Witze! Und wo ist das passiert?« Nun beugt Amy sich über Tomis Handy.

»Nein, guck, hier. In Brasilien.«

»Wie soll der denn überlebt haben?«

»Anscheinend kann man überleben, wenn nicht alle wichtigen Hirnareale betroffen sind. Sonst ist man gelähmt oder Matsch. Aber Eduardo kann sein Leben einfach weiterführen.«

»Wahnsinn. Ich staune immer wieder über das Leben.«

Wenige Tage nachdem Ms. Right erwachte, konnte sie bereits sprechen, wenn auch sehr langsam. Sie benötigt außerdem Hilfe beim Essen, es ist ihr nicht möglich, Gabel und Messer mit den Händen zu führen. Aber an diesem Tag soll Ms. Right von der Station entlassen und in die Rehabilitation geschickt werden.

Zusätzlich soll sie psychologische Betreuung erhalten. Sie weiß nicht, wer sie ist und warum sie im Krankenhaus ist. Nach sechs Monaten aufzuwachen war der erste Schritt, der zweite und schwierigere Schritt wird sein, das vergangene Leben aufzubereiten. Mit einem besonders aufmunternden Lächeln fragt Amy:

»Also, Ms. Right, ich bringe Sie rüber. Sind Sie bereit?«

Ms. Right schaut sie erwartungsvoll an:

»Ja, ich bin bereit.«

»Gut, dann fahren wir mit dem Bett in die nächste Station.«

Amy entriegelt die Sicherungen der Rollen und schiebt das Bett zusammen mit Vika zum Fahrstuhl, um zur Reha-Station im zweiten Stock zu gelangen.

Oben angekommen, tätschelt Vika Ms. Rights Arm und sagt:

»Ich wünsche Ihnen alles Gute.«

»Danke.«

»Ja, Ms. Right, passen Sie auf sich auf und machen Sie es gut.«

»Danke, Ms. Lovers.«

Amy schaut den Pflegerinnen hinterher, die das Bett

mit Ms. Right durch den Flur schieben. Sie fühlt sich in ihrer Arbeit bestätigt und hofft auf einen guten Start für sie.

Im zweiten Stock des Queen Elizabeth Hospitals werden motorische Fähigkeiten aktiviert. Die Patienten und Patientinnen lernen, wie man an einen Stift greift, einen Ball wirft und später, wie man ihn fängt. Auch Gleichgewichtsübungen und Einheiten zum Muskelaufbau gehören zur Therapie.

Ms. Right hat ein Auge weniger, aber das Gehirn ist in der Lage, solche Defizite auszugleichen. Im Februar 2023 macht sie Fortschritte. Sie kann einige Wörter deutlich aussprechen und ihre Hände kontrolliert bewegen. Aber beim Essen muss sie weiterhin unterstützt werden.

An jedem zweiten Tag ist eine Physiotherapeutin bei ihr. Die Übungen sind hart, aber sie dulden keinen Aufschub. Nach jeder Übung, die Ms. Right besteht, wird der Schwierigkeitsgrad erhöht. Auch die Logopäden gönnen Ms. Right keine Verschnaufpause. Sie üben die Aussprache jedes Buchstabens, jeder Wortsilbe und legen großen Wert auf die korrekten Betonungen der Wörter.

Anfangs hat Ms. Right die Unkenntnis über ihre eigene Identität gehemmt, Fortschritte zu machen. Aber mittlerweile ist es ihr fast egal. Die Psychologen beteuern immer wieder, dass die Erinnerung irgendwann zurückkommt.

Ihr Arzt erklärt ihr bei einem Gespräch genau, was bald auf sie zukomme. Die Behörden seien dabei, ein Heim für sie zu finden. Ihre Familie konnte noch nicht gefunden werden, daher werden Sozialarbeiter ihre Vormundschaft übernehmen.

»Leider sind diese Einrichtungen, besser gesagt, diese Heime mit weniger guten Mitteln ausgestattet. Sie werden dort weniger Unterstützung erhalten. Sie sollten hier also noch weiterhin intensiv üben.«

»Verstehe. Danke.« Es fällt ihr schwer, diese beiden Wörter auszusprechen.

Ms. Right hat Glück. Sie landet in einem modern ausgestattetem Altersheim in Stadtmitte. Weil sie zu wenige motorische Fähigkeiten aufweist, wird ihr eine unterstützende Pflegekraft zugeteilt.

März und April sind sehr hart. An jedem Tag muss sie die Torturen der Physiogymnastik ertragen. Aber es freut sie, dass sich ihre Sprechfähigkeit verbessert.

Im Mai gelingen ihr die ersten Schritte ohne Stütze. Jeder Fortschritt bedeutet eine Erleichterung, einen Sieg. Sie verflucht die Betreuer und ist ihnen gleichzeitig dankbar, weil diese an sie glauben. Die psychologische Betreuung ist genauso hart, es gibt keine Pause. Noch immer weiß sie nicht, wer sie ist.

Ich mache mir jeden Tag Sorgen um meine Frau, jeden Tag. Auch um Najmah und Youssef, unseren neugeborenen Sohn, sorge ich mich. An jedem Morgen gehe ich in meinen kleinen Buchladen, der zum Glück gut von meinen Kunden besucht wird. Ich mache faire Preise, ich werde hier geschätzt. Ich habe Fatima erst richtig Lesen beigebracht, ich habe ihr auch Mathematik nähergebracht.

Sie ist dankbar, Neues zu lernen, und ihr Verständnis für die Welt steigt von Tag zu Tag. Andere Männer sind der Meinung, dass man Frauen nicht das Lesen beibringen müsse, da sie sich später um die Kinder und nicht um die Geschäfte kümmern müssten. Ich versuche sie dann immer mit einem kleinen Trick vom Gegenteil zu überzeugen und sage ihnen: Wenn wir erfolgreiche Söhne haben wollen, die es in der Schule und im Leben zu etwas bringen, dann brauchen wir intelligente Töchter, die wiederum intelligente Mütter werden. Sie können den Söhnen dann bei den Hausaufgaben helfen und erklären, wie man liest und rechnet. Das leuchtet manchmal als Argument ein, aber es fruchtet oft nicht.

Jeden Abend, wenn ich nach Hause komme, freue ich mich, meine Kinder zu sehen und Fatima in die Arme zu schließen. Aber wenn ich allein bin, überfällt mich die Angst, dass ihnen etwas zustoßen könnte. Ich habe meine erste Frau Selma und meinen ersten Sohn Ahmed verloren und habe eine unbändige Angst davor, auch meine neue Familie zu verlieren. Ich verstecke meine Sorgen vor Fatima. Jedes Mal, wenn ich in ihre Augen sehe, bin ich froh, dass sie lebt. Wenn meine Tochter mir entgegenläuft oder ich meinen Sohn im Arm halte, macht mein Herz vor Freude Sprünge.

Aber die Angst, die Angst kommt, sobald ich das Haus verlasse. Sie verschwindet, wenn ich sicher zu Hause angekommen bin und meine Familie unversehrt vorgefunden habe. Ich bete dafür, dass wir alle gesund bleiben und ein gutes Leben führen werden.

Meine Familie ist das Wichtigste für mich. Ohne Fatima wäre ich nichts. Sie liebt mich. Ich spüre es, wenn sie mit mir spricht. Ich liebe sie. Und ich liebe meine Kinder Najmah und Youssef. Sie sind wahre Goldschätze. Mirhat kümmert sich viele Jahre liebevoll um sie, bis…

Birmingham, Juni 2022
Nachrichtensprecherin Sally

Guten Tag, meine Damen und Herren, hier sind die ersten Nachrichten des heutigen Tages. Mein Name ist Sally Vale Rideout. Bitte… bitte entschuldigen Sie, meine Damen und Herren. Ich bin ergriffen und genauso schockiert wie Sie. Mein Kollege Jack Bart Ferrer ist vor wenigen Minuten verstorben, wie mir mitgeteilt wurde. Ich habe jahrelang sehr gerne mit ihm unsere Morning-Show moderiert. Was hatten wir für schöne Momente! Ich… ich habe gerade ein Schreiben erhalten: Unser Prime Minister Benedict Eldridge ist tot in seinem Krankenzimmer aufgefunden worden. Wir wissen noch nicht, was genau passiert ist. Viele Minister können nicht kontaktiert oder erreicht werden.

Heute am 12. Juni 2022 haben wir weitere Informationen über die Anschlagserie, die London am 8. Juni 2022 erschüttert hat. Unzählige Verluste werden uns gemeldet. Die Zahl der Opfer ist von 100.000 auf über eine halbe Million Todesopfer gestiegen. Hier sind die aktuellen Bilder des Tages. Wie Sie sehen können, sind viele Gebäude zerstört. Massive Detonationen haben in und um London stattgefunden. Was genau passiert ist, wird von unserem Nachrichtenteam zusammengetragen und Ihnen schnellstmöglich live präsentiert.

Noch etwas in eigener Sache: Ich bin überwältigt und spreche den Angehörigen der Opfer mein Beileid aus. Mögen Sie die Kraft besitzen, um durchzuhalten. Auch wenn wir die schlimmsten Tage unserer Zeit erleben. Wir sind eine Gesellschaft von guten Menschen, es gibt andere Menschen, die unsere Gesellschaft zerstören wollen, aber diese Menschen sind in der Unterzahl. Denken Sie daran. Halten wir zusammen. Ich glaube an Sie und an uns. Ich glaube an Sie und…

Sie spricht die letzten Wörter wie in Trance, doch dann zerbricht ihre Maske. Ihre Lippen zittern, Tränen fließen aus den Augenwinkeln und ein tiefes Schluchzen löst sich aus ihrer Kehle.

Wimbledon, Mai 2022
Sakrileg

»Nicht jetzt, Mama! Nicht jetzt!«

»Ich habe dich gebeten, den Müll rauszubringen, Brian.« Charlotte seufzt und atmet tief ein.

»Brian, hörst du mich überhaupt?«

»Ja, aber warte doch kurz!«

»Ich warte seit einer halben Stunde ‹kurz›, junger Mann.«

Brian rollt seine Augen:

»Na, schön. AFK.«

»Was bedeutet denn AFK?«

»Oh Mama, du bist echt von gestern! AFK heißt Away from Keyboard.«

Er knallt das Headset auf den Tisch, springt aus dem Sessel und schnappt die Mülltüte aus den Händen seiner Mutter.

»Und denk daran, Brian, Müll muss getrennt werden.«

»Schon gut, schon gut. So ein Mist.«

Charlotte ärgert sich, dass ihr Sohn keine Zeit für die Hausaufgaben findet, aber stundenlang Computer spielt oder fernsieht. Manchmal würde sie ihn am liebsten den Amish People in Pennsylvania übergeben. Kein Strom, keine Handys, sondern strenge Regeln und harte Arbeit. Erst gestern hat sie es im Fernsehen verfolgt. Die Amish wirken trotz der Entbehrungen zufrieden mit ihrem Leben.

Sie fragt sich, wie Brian es überhaupt schafft, beim Cricket so gut zu sein, wenn er stundenlang vor dem PC vertrödelt. Er müsste doch mehr trainieren.

Sie denkt an eine Militärschule. Zwei Wochen würden bereits ausreichen. Zucht und Ordnung. Tja, so einfach geht das nicht, denkt sie sich.

Brian kommt schnaufend zurück ins Zimmer.

»So. Zufrieden?«

»Ja.«

»Noch etwas? Ich bin immerhin gerade AFK.«

»Was?«

»Habe ich doch gerade erklärt. Away from Keyboard.« Er rollt wieder die Augen.

»Ach so, na ja, nur zu, Brian.«

»Danke.«

Er lässt sich in den Sessel fallen, setzt das Headset auf und tippt etwas auf der Tastatur, bevor er dem Spiel wieder beitritt.

Charlotte hatte immer angenommen, dass sie sich als Mutter noch einigermaßen auskenne. Auch ihr Bruder John hat viele Spielekonsolen besessen: Game Boy, Game Gear, Super Nintendo, Mega Drive, irgendwann noch eine Playstation. Das einzige Spiel, das Charlotte als Jugendliche gern gespielt hat, war Tetris. Wenn John ihr den Game Boy mal überließ, war es ein großer Spaß für sie, wenn sie es schaffte, die Rakete aufsteigen zu lassen. Aber sie durfte nicht oft damit spielen, da ihre Mutter sie mit Aufgaben im Haushalt auf Trab hielt.

Aber heute kommt sie nicht mehr hinterher, die neuen Spiele kennt sie nicht. Brian hat ihr einmal Online-Sagen gezeigt, die mittlerweile schon wieder out seien, er aber immer noch gerne spiele.

»Und das macht dir wirklich Spaß? Das ist doch pure Zeitverschwendung«, sagte Charlotte, als sie Brian über die Schulter sah.

Er war beleidigt, und tat, als hätte seine eigene Mutter ein Sakrileg begangen.

»Nee, ist es nicht. Das ist megacool.«

»Na gut, dann hab viel Spaß.«

Sie ließ es gut sein, es musste nicht immer Blut vergossen werden. Auch wenn sich ihr der Sinn des stundenlangen Daddelns nicht erschloss. Die ganze verlorene Zeit, manchmal vier Stunden am Stück, ist ihr ein Dorn im Auge.

Diana macht ihre Hausaufgaben und muss gleich zum Freitagsfußball, Andrew arbeitet noch eine Weile. Charlotte geht ins Wohnzimmer, setzt sich in den Sessel und greift das Buch vom Couchtisch, das sie schon lange lesen wollte: Quittenbäume. Aber sie kann sich nicht konzentrieren. Ihr Gehirn lässt ihr keine Ruhe zum Lesen, ständig überlegt sie, was sie noch im Haushalt erledigen oder was sie für die Ferien vorbereiten könnte. Es sind nur noch wenige Wochen, bis sie ihren Urlaub in Ägypten genießen können. Sie schaut auf die Standuhr, ein paar Stunden hat sie noch für sich übrig. Und sie freut sich darauf, die Geschichte von Matthias zu lesen. Das Buchcover mit der Quitte hatte es ihr im Laden angetan.

Wer ist die Unbekannte Ms. Right?
Wie geht es Charlotte?
Haben Sie Mitleid mit Fatima?
Oder nicht?
Fragen über Fragen.

Trauriger Samstag

An einem Samstag hat es etwas kaputt gemacht
In mir, ein Stück vom Herzen herausgerissen,
das nicht mehr heilt in mir.
Ich wollte vergessen, den Tag aus meinem
Leben streichen, aber es geht nicht mehr.
Ich höre jede Minute, jede Stunde,
jeden Tag die gleichen.
Wie kann ich sie vergessen, die Geräusche,
die mich in den Abgrund stießen.
Du, Welt, hast mir das Liebste genommen,
mein Herz ist nun in zwei Teile gebrochen.
Ich kann nicht mehr sagen,
nimm mich bitte in die Arme.
Meine Diana, Mein Brian,
ihr könnte mir nicht mehr helfen.
Ich muss mir selbst helfen,
meine Gedanken ordnen.
Ich liebe Euch so sehr,
Euch frei zu geben fällt mir unglaublich
Schwer!

Birmingham, 2023
Die Unbekannte Ms. Right und all die Erinnerungen

Können Sie sich noch an Ms. Right erinnern? Sie hat enorme Fortschritte gemacht. Ihre motorischen Fähigkeiten haben sich verbessert, auch ihr Sprachvermögen ist zum großen Teil zurückgekehrt. Sie spricht viel deutlicher, viel flüssiger. Sie kann vieles selbst ausführen: essen, auf Toilette gehen, duschen, spazieren – sogar ohne Gehhilfe. Im Heim hat sie eine tägliche Routine entwickelt.

Um die Feinmotorik zu aktivieren, malt sie Bilder und formt mit Knetmasse kleine Figuren. Um ihre Merkfähigkeit herauszufordern, puzzelt sie. Ihre Fortschritte haben mit Glück und mit ihrem starken Willen zu tun. Doch ihr starker Wille hilft ihr nicht dabei, sich daran zu erinnern, wer sie eigentlich ist.

Ms. Right hatte sich dazu bereit erklärt, neue Fotos von sich aufnehmen zu lassen. Das Heim stellte die aktualisierten Daten ins Netz und keine zwei Wochen später rief eine Frau an, die sich als Ms. Rights ältere Schwester meldete.

Ms. Goodwill, die Leiterin des Heimes, setzt sich neben Ms. Right, die gerade dabei ist, ein Puzzle zu lösen.
»Hallo Ms. Right.«
»Oh, hallo, Ms. Goodwill.«
»Wie geht es Ihnen heute?«
»Heute Morgen wollten meine Hände nicht so recht. Ich hatte Schwierigkeiten, mich anzuziehen. Aber mittlerweile geht es besser. Ich hoffe, Ihnen geht es auch gut?«

»Ja, mir geht es gut. Ich habe eine gute Neuigkeit für Sie, Ms. Right. Eine Frau hat sich bei mir gemeldet und sich als Ihre ältere Schwester vorgestellt. Ihr Vorname ist Clara. Kennen Sie jemanden mit dem Namen Clara?«

»Sagt mir gerade nichts, aber ich freue mich mal einfach, dass sie sich als meine Schwester gemeldet hat. Das heißt also, dass ich eine Familie haben könnte.«

»Das ist eine gute Einstellung, Ms. Right. Wir haben sie für nächste Woche eingeladen. Eine Betreuung wird auch dabei sein. Wir werden erst einmal die Personalien der Frau überprüfen. Das ist so bei uns üblich.«

»Danke für die Information. Ja, gut, dann weiß ich Bescheid.«

»Haben Sie noch Fragen, Ms. Right?«

»Erst mal nicht. Ich bin gespannt, wer das sein wird.«

»Das sind wir auch. Und wir freuen uns für Sie. Wir hoffen, dass die Frau Ihnen helfen wird, Ihre Erinnerungen zu reaktivieren.«

»Das hoffe ich auch.«

Clara hatte sich zum Vorbereitungsgespräch im Heim der Holy Mary in Birmingham angemeldet. Der Termin war vereinbart worden, um mit der Heimleitung die Formalitäten, den Rahmen der psychologischen Betreuung und auch eventuelle Schwierigkeiten zu besprechen. Ms. Goodwill empfahl ihr eine gewisse Zurückhaltung bei der Begegnung mit Ms. Right. Erinnerungen könnten Aggressivität auslösen. Ein vergessener Groll wegen eines vergangenen Vorfalls könne zurückkommen.

»… und sei es wegen einer Kleinigkeit, wegen der sie sich vor Jahren als Schwestern in die Haare bekommen haben.«

Natürlich könne Ms. Right auch überschwängliche Freude empfinden; aufgrund ihres Zustands sei sie recht naiv. Alles könne auch Clara durcheinanderbringen und emotional belasten. Ms. Goodwill empfahl Clara, sich gut auf das Treffen vorzubereiten, und sie vereinbarten den Termin für den Besuch bei Ms. Right.

Ms. Rights Zimmer liegt im ersten Stock. Von dort erreicht sie bequem die Kantine und den Töpferkurs. Auch der Raum für den Malkurs ist um die Ecke.

Ms. Right hat den Namen der Besucherin, die nach der Mittagspause kommen soll, wieder vergessen.

»Also, wer das genau sein soll, ist mir schleierhaft. Aber ich freue mich«, sagt sie zu ihrer Sitznachbarin am Essenstisch.

Ihre Nachbarin geht nicht darauf ein, sondern beschwert sich über das Essen, das kaum Abwechslung bietet. Heute gibt es schon wieder Fish and Chips mit Remoulade. Aber Ms. Right freut sich. Sie liebt Pommes mit Essig.

»Darf ich noch mehr Pommes haben?«, fragt sie einen Pfleger.

»Aber klar, Ms. Right. Ich habe gehört, sie kriegen heute Besuch?«

Mit einem Lächeln antwortet sie: »Ja, stimmt, ich kriege heute Besuch.«

»Viel Glück und guten Appetit!«

»Danke. Bis später!«

Ms. Right schaut auf die Uhr über der Eingangstür. Die angebliche Schwester wird nicht vor 13 Uhr kommen, also kann sie noch in Ruhe essen. Sie ist etwas nervös. Sie weiß ja nicht, wer die Fremde ist. Ob sie die Einrichtung verlassen muss, wenn es tatsächlich ihre Schwester sein sollte? Im Heim fühlt sie sich wohl, sie wird gut umsorgt, die Betreuung kümmert sich immer um sie und sagt ihr, was als Nächstes zu tun ist. So hat sie es am liebsten, wenn die Dinge auf sie zufliegen. Genauso wie sie eines Morgens spontan Lust dazu hatte, Nutella mit Kirschkonfitüre auf ihren Toast zu streichen. Und wenn es Eis gibt, wählt sie jedes Mal Stracciatella mit Kirsch-Sahne.

Nach dem Mittagessen geht sie auf ihr Zimmer, um die Spielkarten zu holen. Sie hat noch Zeit für ein kurzes Spiel im Gemeinschaftsraum. Irgendjemand von den anderen Mitbewohnern findet sich immer für eine Partie.

»Und bist du bereit?«

»Ja, heute spielen wir ein tolles Kartenspiel, es heißt 51. Also, man muss 51 Punkte erspielen, bevor man eröffnen darf.«

»Gut. John, Michelle, kommt dazu, wir spielen Karten.«

»Aber ich habe nicht so viel Zeit, ich habe bald Besuch. Ich kann maximal zwei Runden spielen, dann muss John übernehmen.«

Das Herumalbern beim Kartenspiel hat Ms. Right gutgetan und ihr ein wenig von der Nervosität genommen. Als sie nach dem Spiel auf ihr Zimmer will, um sich fertigzumachen, betritt eine Frau den Gemeinschaftsraum. Das ist keine Unbekannte. Sie weiß genau, wer das ist. Immerhin haben sie jahrelang zusammengelebt. Geistesgegenwärtig sagt sie:

»Clara! Schön, dich zu sehen. Wir haben uns ja lange nicht gesehen. Ich bringe nur eben die Karten auf mein Zimmer.« Im nächsten Moment lässt sie die Karten fallen und legt ihre Hände auf Claras Wangen.

»Ich weiß, wer du bist, Clara. Clara ist meine Schwester.«

Ms. Right klatscht in die Hände und lächelt. Sie umarmt ihre Schwester, die sie weinend an sich drückt.

»Hallo Charlotte. Oh mein Gott, ich dachte, du wärst tot, ich habe dich so vermisst.«

»Ja, Charlotte ist mein Name! Ich heiße Charlotte!« Charlotte hebt die Arme in die Luft und jubelt. Clara küsst sie auf die Wange.

»Hooray! Ich weiß, wer ich bin: Charlotte!« Sie macht einen kleinen Sprung in die Luft und klatscht in die Hände.

»Du bist meine große Schwester Clara. Ja! Endlich weiß ich, wer ich bin: nämlich Charlotte, und zwar Charlotte MacDonald.«

»Wie geht es dir, Charlotte?«

»Mir? Mir geht es fantastisch. Ewig war ich Ms. Right, aber jetzt bin ich Charlotte MacDonald.«

Lächelnd fasst sie Claras Hände, doch dann verliert sich ihr Lächeln in einem gequälten Gesichtsausdruck. Sie spürt, dass etwas nicht stimmt, sie weiß nicht, was es ist.

»Charlotte, du weißt, wer ich bin! Das freut mich ungemein, Süße. Komm, wir gehen in den Flur und setzen uns. Kannst du dich sonst noch an etwas erinnern?«

»John hat meine Kekse geklaut, dieses Schwein, die muss er mir ersetzen.«

Clara lacht überrascht auf. »Ja, John hat oft unsere Kekse geklaut. Das ist unser Bruder«, sagt sie zu der Schwester und dem Psychologen, die sich neben das Sofa gestellt haben und das Gespräch mit einem milden Lächeln im Gesicht verfolgen.

»Schön, leichte Erinnerungen sind ein guter Anfang. Machen Sie ruhig weiter«, sagt der Psychologe leise und zieht sich einen Stuhl heran, auf den er sich setzt.

»Woran erinnerst du dich noch, Charlotte?«, fragt Clara vorsichtig. Eine Sorgenfalte bildet sich auf ihrer Stirn.

»Ich bin verheiratet. Mit Andrew. Haha! Mein Nachname klingt wie eine Fast-Food-Kette. Wie Diana das immer gesagt hat. Oh mein Gott! Diana! Ich habe Kinder! Brian und Diana.«

Während sie sich freut, laufen Tränen über ihr Gesicht. Sie spürt, dass etwas nicht stimmt.

»Was ist los, Clara? Warum weine ich?« Hilfesuchend schaut sie zur Schwester auf, dann zum Psychologen. Sie lacht und weint abwechselnd. »Ich esse Nutella mit Kirschkonfitüre wegen Brian. Ich habe eine Familie. Clara, ich bin Mutter.«

»Ja, Charlotte, es ist alles gut.«

Clara hält sich daran, was Ms. Goodwill ihr gesagt hat. Sie vermeidet es, die Gedanken ihrer Schwester zu beeinflussen.

»Fiona ist meine beste Freundin. Und Ralph hat mit Rebecca gefickt. Dieses Schwein! Er hat die Scheidung verdient.«

»Ja, das hat er.«

Charlotte legt die Stirn in Falten und starrt auf den dunkelblauen Teppich. Clara fühlt sich hilflos.

»Soll ich irgendwas sagen?«, fragt sie den Psychologen.

»Nein, es ist das Beste, wenn Sie Ihrer Schwester zuhören.«

Clara kämpft mit den Tränen. Sie verschränkt ihre Hände, um das Zittern ihrer Finger zu verbergen. Charlotte ist immer noch die Alte. Clara hatte bereits auf dem Foto gesehen, dass Charlotte ein Auge verloren und viel abgenommen hat. Ms. Goodwill hat ihr den psychischen Zustand ihrer Schwester genau erklärt.

»Komisch, immer wieder kommen mir Tränen. Dabei freue ich mich doch unglaublich, dich zu sehen. Aaah!« Charlotte schreit auf. Clara zuckt zusammen. Der Psychologe beugt sich ein wenig vor, signalisiert Ruhe.

»Aaaah! Aaaaaah!« Charlotte fasst sich an die Schläfen. »Wieso schreie ich?!«

Ihr Körper schmerzt nicht, aber es fühlt sich an, als ob ihr Herz zerbricht.

»Charlotte, es ist alles okay. Alles ist gut, meine Süße«, sagt Clara mit tränenerstickter Stimme.

»Haha! Oh, ist das lustig? Nicht wahr? AAAH! Aaah! NEEEIIIINNN!«

»Ms. MacDonald, Ihre Erinnerungen kehren zurück. Aber Sie sind in Sicherheit. Es ist alles in Ordnung.«

Der Psychologe wendet sich an Clara: »Ihre Schwester macht einen natürlichen Prozess durch. Wenn es zu schlimm wird, können wir ihr ein Beruhigungsmittel geben.«

»Ich weiß nicht, was los ist. Clara, hilf mir!«

Clara streichelt Charlottes Hände und spricht sehr leise zu ihr: »Alles gut, Charlotte, alles ist gut.«

Charlotte erinnert sich. Sie erinnert sich daran, was im Juni 2022 passiert ist. Charlotte steht mit einem Ruck auf. Sie hockt sich hin und krallt ihre Finger in ihre Haare. Sie begreift es. Es gibt keinen Andrew. Keinen Brian. Keine Diana. Ein Winseln entfährt ihren Lippen.

»Fuck! Oh Gott, ich möchte sterben … Ich weiß es, ich weiß es. Clara. Fuck. Hilf mir.«

Clara hockt sich neben ihre Schwester und legt die Arme um sie.

Charlotte schreit: »SIE SIND ALLE TOT! NEIN! NEIN! NEIN!« Die Erinnerungen überfallen sie. »SIE HATTEN KEINE CHANCE.«

»Alles ist gut, Charlotte«, sagt Clara schluchzend.

»Ich konnte nicht mit. Ich habe ihnen zugewunken von der Aussichtsplattform. Nein, nein, nein! Ich musste zwei Tage lang warten, und sie sind alle – sie sind TOT.«

»Es tut mir so leid, Charlotte.« Clara streichelt Charlottes Kopf, hofft, Ruhe auszustrahlen.

»LASS MICH LOS! ICH WILL STERBEN. ICH MUSS STERBEN.«

Charlotte reißt sich los und springt auf. Der Psychologe und die Schwester stellen sich ihr mit ernster Miene in den Weg. Mit einer unbändigen Wut schreit Charlotte:

»IHR WERDET MICH NICHT AUFHALTEN!«

Sie rammt dem Psychologen ihr Knie in den Schritt.

»Oh Gott.« Er stöhnt auf und geht zu Boden. »Ah, Scheiße.«

Die Schwester drückt den Notfallknopf an der Wand und geht rückwärts Richtung Gemeinschaftsraum. Schnelle Schritte ertönen im Flur. Charlotte dreht sich um und läuft in die entgegengesetzte Richtung. Zwei Sicherheitsmänner hasten um die Ecke und verfolgen sie.

»LASST MICH IN RUHE!«, kreischt sie.

Sie erreicht die Kantine, in der bereits zwei weitere Sicherheitsmänner stehen. Sie kommen langsam mit erhobenen Armen auf sie zu. Sie kratzt und beißt in die Hände, die sie auf den Boden drücken. Sie spürt nicht, wie die Nadel einer Spritze in ihren Körper fährt. Sie bäumt sich auf, doch die Hände drücken sie zurück auf den kalten Boden. Ein paar Minuten später geht ihr Atem ruhiger. Die Kraft verlässt ihren Körper. Sie kann kaum die Augen aufhalten.

»Ihr Schweine, was habt ihr mir gegeben?«

»Alles gut, es wird bald besser sein. Beruhigen Sie sich, Ms. MacDonald.«

Charlotte gibt auf. Sie wehrt sich nicht mehr gegen die Arme des Sicherheitspersonals. Sie weiß, dass der Kampf vorbei ist, sie weiß, dass sie sich nicht wehren kann.

Clara besuchte ihre Schwester, so oft sie konnte, und blieb lange bei ihr. Der Psychologe empfahl Charlotte, noch eine Zeit lang in dem Altersheim zu bleiben. Sie sollte den Aufenthalt und die Betreuung durch das Personal nutzen, um die Erinnerungen zu verarbeiten.

Vier Wochen nach Claras ersten Besuch waren die Tränen versiegt und die Albträume weniger geworden. Sie packten Charlottes Tasche und fuhren zum Elternhaus in Milton Keynes.

Nun, da Ms. Right wusste, dass sie ihre Kinder und ihren Ehemann verloren hatte, war es nicht leicht, ihr Leben als Charlotte MacDonald fortzuführen. Sie warf sich vor, eine schreckliche Mutter zu sein, da sie Diana und Brian vergessen hatte. Sie hatte ihre Kinder einfach ausgeblendet, auch Andrew war wie weggeblasen gewesen.

Ihr Psychologe hatte ihr erklärt, dass der Selbstschutz des Gehirns nach einem traumatischen Erlebnis unglaublich stark sein kann. Um weiter existieren zu können, werden nur noch bestimmte Areale genutzt. Hinzu komme die Kopfverletzung von der einen Meter langen und drei Zentimeter dicken Stange.

Das Gehirn reagiere mit Schutzmechanismen, die nicht einmal die moderne Medizin genau erklären könne. Erst wenn alle Gefahr vorbei sei, wenn Normalität einkehre und es zu einem auslösenden Ereignis komme, wie dem Besuch eines nahestehenden Menschen, könne das Gehirn Erinnerungen zulassen. Die Erklärung des

Psychologen konnte Charlotte helfen, aber sie konnte es noch immer nicht akzeptieren.

Trauer, Verleugnung, Wut und Verzweiflung suchen sie heim. Alles, was sie vor Claras Besuch empfunden hat, die Leichtigkeit und Fröhlichkeit, ist verschwunden. Etwas Neues hat diesen Platz eingenommen: Hass, ein unbändiger Hass. Sie hat noch nie so ein intensives Gefühl verspürt. Sie will nicht mehr aufhören, ihre Fäuste zu ballen. Sie will Rache. Sie will unendliches Leid erleben, nicht bei ihren Mitmenschen, sondern bei sich selbst. Sie fängt an, sich selbst zu verletzen, sie blutet an Händen und Fingern, wird von krampfartigen Zuckungen geschüttelt. Sie lacht, denn die Verletzungen tun ihr nicht weh. Wenn ihre Hände bluten, empfindet sie Freude, wenn sie an ihre Rache denkt, empfindet sie Frieden. Sie weiß nicht, wie. Sie weiß nicht, wann. Aber sie weiß, dass sie etwas tun wird.

Als Clara wenige Wochen später Charlottes Verletzungen entdeckt, vereinbart sie für ihre Schwester einen Termin bei einer Psychologin in der Stadt.

»Ich habe zufällig im Radio davon gehört. Die Therapie wird von der Regierung finanziert. Du solltest es zumindest ausprobieren.«
Für Charlotte fühlt es sich wie ein zweites Versagen an, eine therapeutische Hilfe in Anspruch zu nehmen. Aber Clara zuliebe nimmt sie den Termin mit der Beratungsstelle im Rathaus wahr und findet für sich die Therapeutin Doktor Miller. Charlotte erfährt im Rathaus, dass jeder, der vom Anschlag in London betroffen ist, Anspruch auf eine psychologische Betreuung hat.

In den darauffolgenden Jahren geht sie einmal pro Woche zu den Sitzungen, doch die Therapie verbessert ihre Situation nur marginal. Es fühlt sich immer wieder falsch an, wenn sie sich ein Lächeln erlaubt. Sie glaubt nicht daran, dass sie wirklich wieder froh sein darf.

Etwas anderes kommt in den Gesprächen zum Vorschein: Je öfter sie sich die Zeitungsartikel und Bilder vom Londoner Anschlag anschaut, je öfter sie sich die Gesichter der Täter anschaut, desto tiefer wurzelt der Hass in ihrem Herzen. In den Gesprächen mit Doktor Miller ergründet sie ihre Gefühle, aber von dem Hass und dem befriedigenden Gedanken der Rache erzählt sie nichts.

Sie kann nicht damit aufhören, die Zeitungsartikel zu lesen. Es ist ein Ritual für sie geworden, nach dem Aufstehen alles über den Anschlag durchzulesen. Alle Fakten trägt sie zusammen. Die Vermutungen aus reißerischen Blättern bringen sie durcheinander, weil diese sich selbst manchmal widersprechen. Sie begrenzt sich bei ihrer Recherche auf faktenbasierte Artikel und gewöhnt sich an, die Quellen zu überprüfen.

Schon Monate vorher, während sie sich noch selbst auf die Ferien mit ihrem Mann und ihren Kindern freute, haben die Terroristen den Anschlag auf London im Hintergrund in die Wege geleitet. Sie haben Himmel und Hölle in Bewegung gesetzt – und niemand hat etwas davon mitbekommen. Zunächst wurden keine Computerdaten, keine Handydaten zu den Tätern gefunden, keine Bankdaten, die auf Verdächtige hinwiesen, die gemieteten Zimmer waren bar bezahlt worden.

In akribischer Arbeit konnten die Täter letztendlich identifiziert werden, sodass die unzähligen Theorien der verschiedenen Internetcommunitys widerlegt werden konnten. Vollzogen wurde die Tat am 8. Juni 2022. Genau in dem Moment, als Charlotte mit ihrer Familie zum Flughafen gefahren ist, sind die Männer ins Flugzeug eingestiegen. Mit mehreren gecharterten Fliegern haben sie dutzende Anschläge auf London verübt.

Halb London ist ein radioaktives Trümmerfeld. Die Terroristen haben keine Atombombe abgeworfen, aber Bomben mit verunreinigtem Uran aus radioaktiven Abfällen und alten Röntgengeräten gebaut. Es wird vermutet, dass die selbstgebauten Bomben per Selbstzünder explodierten. Die kleinen Flugzeuge der Terroristen konnten nicht abgefangen werden, da sie zu tief geflogen sind. Sie gingen strategisch vor, hatten feste Zielpunkte. Ein solches Ziel war der große Ferienflieger auf der Startbahn des Heathrow-Flughafens.

Computersimulationen zeigen mittlerweile genau, wie die Bombe aus der Maschine der Terroristen fällt und kaum zehn Meter über dem Boden detoniert. Sie trifft zwei Flugzeuge: eines beim Start und das andere beim Landeanflug. Keine Chance zur Rettung, keine Überlebenden.

Wenn Charlotte die Bilder sieht, kommt keine Verzweiflung mehr auf, dafür wächst in ihr der Hass. Immer wieder lächelt sie, sie freut sich darüber, wie der Hass in ihr gedeiht. Die Terroristen haben die Saat des Bösen verteilt, die in Charlottes Herz aufgegangen und zu einer kräftigen Pflanze herangewachsen ist, über Jahre wird sie sich zu einem stattlichen Baum entwickeln. Ein Ziel formt sich in Charlottes Gedanken, sie weiß, dass sie in der Rache Erlösung finden wird. Die Rache wird sie befreien. Jedes Mal, wenn sie an ihre Rache denkt, lächelt sie in sich hinein.

Vier Wege des Sterbens:

1. *Der gewaltsame Tod durch die eigene Hand.*
2. *Der gewaltsame Tod durch die Hand anderer.*
3. *Der gewaltsame Tod durch Selbstopferung.*
4. *Der natürliche Tod.*

– Prof. Dr. Christine Schirrmacher

Birmingham, 2029
Amy Lovers staunt schon wieder nicht schlecht

Amy Lovers ist endlich verlobt! Sie kann es nicht glauben, doch Richard hat sich getraut, ihr einen Antrag zu machen. Vika freut sich für sie mit.

Nachdem Jeff Amy den Laufpass gegeben hatte, war Vika für sie da. Er hatte sich einfach nicht mehr gemeldet. Üblicherweise hatten sie sich immer mal wieder Nachrichten übers Handy geschrieben. Jeff war jederzeit bereit, meldete sich regelmäßig, doch eines Tages ging er nicht mehr ans Telefon und antwortete nicht auf ihre Nachrichten. Erst war Amy wütend, nach ein paar Tagen besorgt und nach mehreren Wochen zutiefst verzweifelt. Sie fühlte sich wertlos und ihr Selbstbewusstsein löste sich komplett auf. Es war Liebeskummer der übelsten Sorte. In ihren Pausen starrte sie auf ihr Handy und fragte sich, wieso er sich nicht meldete, wieso er es nicht fertigbrachte, ein klärendes Gespräch mit ihr zu suchen. Sie verstand die Welt nicht mehr. Ihre eigenen Gefühle verstand sie auch nicht mehr. Sie hatte nicht gewusst, dass sie so für Jeff empfand.

Ein paar Tage nach dem Kontaktabbruch hatte Vika Amy in den nächstgelegenen Coffee Shop eingeladen. Nach dem ersten Schluck von ihrem Matcha-Ice-Latte schaute sie Amy direkt in die Augen und fragte:

»Du, Amy, was ist mir dir los?«

Amy schaute auf. Sie hatte den Augenblick verpasst, Vika alles nüchtern darzulegen und war stattdessen in einen Gedankenstrudel geraten. Für einen kurzen Moment bekam sie keine Luft mehr und in einer Schnappatmung presste sie heraus:

»Ja, Jeff meldet … sich nicht mehr.« Amy stützte ihr Gesicht in die Hände und fing an zu weinen.

»Alles gut, lass es ruhig raus. Kannst ruhig Tränen vergießen.«

»Ich will nicht weinen, aber diese Gefühle bringen mich noch um.«

»Ich verstehe dich gut. Er ghostet dich wohl?«

»Ghosten? Ach, davon habe ich gehört.«

»Nun, jeglicher Kommunikationsaufbau unmöglich, Kontaktabbruch. Also, Jeff macht sich unsichtbar wie ein Geist.«

»Ja, so in der Art.«

»Und nun suchst du nach einer Erklärung, warum er dich hängen lässt.«

»Ich möchte wissen, was ich falsch gemacht habe! Oder bin ich schuld, dass er sich nicht mehr meldet?« Amy ballte die Faust. »So scheißwütend. So unglaublich wütend bin ich.«

»Du hast keine Schuld, du hast nichts falsch gemacht.«

»Woher willst du das wissen?«

»Oh, Mädel wach auf! Er ghostet dich. Du quälst dich hier umsonst und ich versuche dir zu erklären, dass jeder Gedanke Zeitverschwendung ist.«

»Hmm …«

»Also noch mal: Erstens du hast nichts falsch gemacht, okay? Zweitens du trägst keine Schuld, ja, gib mir jetzt nicht den ratlosen Blick einer verwirrten Frau, hör mir erst mal zu. Ich habe das auch erlebt und weiß, dass es nicht meine Schuld ist. Und drittens du bist fantastisch, du bist es wert, geliebt zu werden. Und wenn er dich ghostet, ist er ein Arschloch.«

Amy brauchte viel Zeit, um die Trennung zu verarbeiten. Von dem, was Vika ihr gesagt hatte, ließ sie sich nur schwer überzeugen. Im Grunde wusste sie, dass ihre Kollegin recht hatte, aber die Selbstzweifel nagten unaufhörlich an ihr.

An einem Samstagabend, ein paar Wochen nach dem Cafébesuch mit Vika, klingelte es an Amys Wohnungstür. Amy öffnete im Pyjama und mit ungekämmtem Haar die Tür und sah verdutzt ihre beste Freundin an, die sie abenteuerlustig angrinste.

»Los, wir gehen!«, sagte Nicole und lachte.

Amy runzelte die Stirn. Sie hatte sich eine Pizza in den Ofen geschoben und sich auf einen Serienmarathon eingerichtet.

»Ähm. Schön, dass du hier bist? Aber ich gehe jetzt sicherlich nicht aus.«

»Pfff, kannst du mal aufhören, so ein weinerliches Gesicht zu ziehen?! Und zieh dich endlich mal um! Du siehst ja furchtbar aus.«

»Danke. Muss das sein?«

»Ja, es muss sein, du dumme Kuh. Ich bin deine beste Freundin und ich bin hier, um dir aus diesem Loch herauszuhelfen. Jaaa… jaaa! Du freust dich auch ein bisschen, nicht wahr?! So. Max kommt in zwei Stunden mit dem Auto, er wollte in einer Stunde kommen, aber ich habe ihm gesagt, dass wir Mädels normalerweise drei Stunden zum Fertigmachen brauchen, als mach zwei draus, und dann holen wir noch Richard ab.«

»Wer ist Richard?«

»Dein Blinddate!«

»Waaas?!« Amy stand mit hängenden Armen in der Tür. Ihre Lippen zitterten, aber bevor sie anfangen konnte, zu weinen, schob Nicole sich an ihr vorbei und ging ins Wohnzimmer.

»Na, nun mach dich endlich fertig! Dusch schnell, wir haben nicht ewig Zeit. Und ich mach es mir in der Zwischenzeit gemütlich. Oh, Pizza!«

»Aber wer ist dieser Richard? So was mache ich nicht mit«, sagte Amy, nachdem sie die Tür geschlossen und hinter Nicole ins Wohnzimmer geschlurft war.

»Aaamy, komm, wach auf! Max kennt den seit Ewigkeiten. Und für Richard ist das Ganze auch eine Überraschung. Der weiß noch nichts.«

»Häh? Ich verstehe die Welt nicht mehr.«

»Macht nichts, ich auch nicht immer.«

»Ich will nicht«, sagte Amy leise und schüttelte schwach den Kopf.

»Amy, ich zähle bis drei, und wenn du dann nicht ins Bad gehst, dann schiebe ich dich unter die Dusche. Eins…« Nicole hob die Hand in die Luft und streckte den Zeigefinger aus.

»Schon gut, schon gut, ich geh ja schon. Weiß aber nicht, was ich von der Aktion halten soll.«

»Ja, du kannst mir später danken.«

»Haha.«

Amy schloss die Augen und genoss die ersten warmen Wassertropfen in ihrem Gesicht, auf ihrem Körper. Sie massierte das Shampoo in ihr Haar und nahm den Duft von Macadamianuss wahr. Sie rieb ihre Haut mit dem erfrischenden Limetten-Duschgel ein und duschte sich danach kalt ab. Mit geröteten Wangen und einem munteren Lächeln blickte sie in den Spiegel und war zufrieden mit dem, was sie sah. Kampfgeist erwachte in ihr und sie nickte sich im Spiegel zu. Warum soll ich in meiner Wohnung versauern, dachte sie. Und falls sich dieser Richard als Nullnummer herausstellen sollte, kann ich Vika und Tomi bei der nächsten Schicht erzählen, wie schlimm das Date war, und wir können gemeinsam darüber lachen.

Es war an der Zeit, das Leben auszukosten und das Zombiedasein zu beenden. Sie wollte die Zügel wieder in die Hand nehmen und die Chance zum Glücklichsein ergreifen.

Richard eroberte sie im Sturm. In dem Moment, als sie ihn zum ersten Mal im Restaurant sah, war es um sie geschehen. Amy war Nicole dankbar, dass sie sie zum Treffen mit Richard überredet hatte. Richard war höflich, zuvorkommend und hörte ihr aufmerksam zu. Amy fühlte sich zu ihm hingezogen, sie mochte seine haselnussbraunen Augen und seine blonden Haare. Er wirkte auf sie etwas nervös, verhaspelte sich beim Reden und lächelte sie unsicher an, wenn sie für einen Moment schwiegen. Als er den Salzstreuer umstieß, sagte er mit einem schiefen Lächeln: »Entschuldigung, ich bin ein wenig aufgeregt.«

»Ich auch.«

Sie lachten auf, bestellten sich noch eine Flasche Wein und unterhielten sich bis tief in die Nacht.

Das Jahr 2029 fing für Amy super an. Die Silvesterfeier hätte nicht besser laufen können. Nicole war da, auch Amys Eltern, als Richard ihr vor allen Partygästen die

Frage der Fragen stellte. Amy konnte nicht anders, ihr Herz überschüttete sie mit Glückgefühlen, sie bekam Gänsehaut.

Alle starrten sie an und endlich lösten sich die Worte von ihren Lippen: »Ja, ich will!«

Mitte Januar, 2029. Amy tritt ihre Frühschicht im Queen Elizabeth Hospital in Birmingham an. Sie hat die Job-Rotation-Ausbildung abgeschlossen und sich zwei feste Bereiche ausgesucht: Die Kinderstation ist ihre Hauptstation und die Intensivstation ihre Nebenstation. Der Wechsel zwischen beiden Stationen ist spannend und für Amy abwechslungsreich genug. Noch immer liebt sie ihre Arbeit als Krankenschwester.

2029 kann nur besser werden als 2028, denkt sie sich, während sie mit beschwingten Schritten durch den Flur des Krankenhauses geht. Bald wird sie Amy Lovers-Rice heißen. Ihren Namen will sie behalten und Richards Namen als neuen Teil von sich übernehmen. Auch er wird Amys Namen übernehmen und Richard Lovers-Rice heißen.

Im Konferenzraum erhalten sie ein kurzes Briefing über die Tagesplanung. Ihre Chefin Tonja spricht über das heutige Ziel und ihre Motivation. So richtig einverstanden ist niemand mit dem Management. Amy findet nichts daran, sich eine Motivation zu formulieren und sich ein Ziel für den Tag zu definieren. In den nächsten Stunden wird Amy alles dafür geben, um ihre Patienten bestmöglich zu pflegen. Dass das Wohl der kranken Menschen am wichtigsten ist, muss sie sich nicht vor jeder Schicht in Erinnerung rufen. Aber die Anweisung zum Motivationsmanagement kommt von oben. Wie jedes Mal rollen alle Kollegen die Augen und schmunzeln über das absurde Theater. In diesen fünfzehn Minuten muss jeder etwas zum Gespräch beigetragen haben, es darf nicht zu lange geredet werden, aber schweigen darf man auch nicht. Amy rutscht auf ihrem Stuhl hin und her. Sie kann es nicht erwarten, bis sie endlich mit der Arbeit loslegen kann.

Nachdem jeder seinen mehr oder weniger sinnvollen Gesprächsanteil beigetragen hat und die neuesten Motivationssprüche heruntergeleiert wurden, versorgt Tonja sie endlich mit den neuesten Informationen: In Laufe des Tages wird eine neue Patientin erwartet, die aus Ägypten eingeflogen wird. Sie liegt schon lange im Koma, eine Engländerin.

Amys Mund steht offen, als sie mehr über die Engländerin hört: Sie soll in Ägypten mit einer selbstgebastelten Bombe ein Attentat verübt haben. Sie heißt Charlotte MacDonald und ist fünfzig Jahre alt.

Amy hat vorher noch nie von einem Engländer oder einer Engländerin gehört, die ein Attentat in einem Afrikanischen Land verübt hat.

Ägypten hätte der Frau gerne den Prozess gemacht, aber da sie seit über einem halben Jahr im Koma liegt, habe man sich entschlossen, dem Antrag der britischen Regierung einzuwilligen und die Frau ihrem Heimatland zu überführen.

Die ägyptische Regierung wolle vermeiden, dass ein Skandal entsteht, wenn die Attentäterin bei ihnen sterben sollte. Die englische Regierung sei selbst nicht erpicht darauf gewesen, den Transfer einzuleiten. Erst als sich der Gesundheitszustand verschlechtert habe, sei er in die Wege geleitet worden.

Nachdem Tonja das Meeting beendet hat, sagt Amy zu Tomi:

»Das ist aber heftig, dass eine Frau so einen schlimmen Anschlag geplant und durchgeführt hat.«

»Ja, oder?! Aber das stand ja auch in Großbuchstaben in den News. Hast du das nicht gelesen? Es war ein schlimmer Anschlag in Ägypten mit vielen Toten und Verletzten.«

»Jetzt wo du es sagst, fällt es mir wieder ein. Wie vergesslich ich manchmal ich bin.«

»Nur manchmal?«

»Haha, Tomi, sehr witzig.«

»Ja, fand ich auch«, sagt Tomi und geht lachend an Amy vorbei.

Vika und Tomi arbeiten weiterhin auf der Station mit den Koma-Patienten. Vika ist zusätzlich in der Radiologischen Abteilung beschäftigt und Tomi ist in die Urologie gewechselt, wo er manchmal die absurdesten Ausreden dafür hört, warum jemand seinen Penis eingeklemmt hat.

»Viel Spaß beim Arbeiten!«, ruft Toni, bevor er die Tür zum Treppenhaus öffnet.

»Ja, dir auch, Scherzkeks.«

Amy schmunzelt noch, während sie ihr Klemmbrett nimmt und die Blätter überfliegt. In den Räumen 1A bis 2B wäscht sie ihre Patienten und versucht sich dabei, so gut es geht, mit ihnen zu unterhalten. Die Intensivpatienten, die bei Bewusstsein sind, helfen gut mit. Einige freuen sich über Amy, andere sind von ihr genervt, aber sie nimmt es ihnen nicht übel. Als sie anschließend den Raum 3A mit der angekündigten Komapatientin betritt, traut Amy ihren Augen nicht. Sie erkennt das Gesicht, das hinter den Schläuchen halb verborgen ist.

»Ms. Right? Was machen Sie denn hier?« Mit langsamen Schritten geht sie auf das Bett zu. »Nein, Sie sind Ms. MacDonald? Wie konnten Sie nur? Warum haben Sie das getan?«

Sie weiß, dass die Patientin im Koma liegt und sie wahrscheinlich nicht hören kann. Amy beugt sich über das Gesicht der Frau, um sich zu vergewissern. Es ist wirklich die Patientin, die vor vielen Jahren aus dem Koma erwacht und sich an Amys Arm geklammert hat.

Ob die Frau die nächsten Tage überlebt, ist ungewiss. Ihre Haut ist durch die Säure der Bombe zum Teil verätzt, ein Bein und eine Hand wurden durch die Explosion abgerissen. Ihr Gesundheitszustand ist kritisch.

Aber wir wollen es doch der guten Charlotte nicht so leicht machen und sie einfach so sterben lassen, nicht wahr?

Kairo, 2076
Fatima, oh, Fatima

An einem sonnigen Tag liegt Fatima im Sterben. Sie ist mit sich im Reinen. Mirhat ist vor zwei Jahren eingeschlafen. Er sah so sanft und friedlich aus. Sie haben ein gutes Leben geführt. Nun steht ihre Tochter Najmah ihr bei. Ihr Name bedeutet: Stern am Himmel. Sie kümmert sich liebevoll um ihre Mutter. In den letzten Tagen haben sich in Fatimas Gedanken Träume eingemischt.

Wenn sie wach im Bett liegt, sieht sie immer wieder Hussain, Hanifa, Mohammed und ihren kleinen Jaleel. Mal sind es die Kinder, die an ihrem Bett sitzen, mal ist es ihr Hussain, der lesend im Sessel sitzt. Manchmal steht auch Mirhat im Raum und lächelt sie sanftmütig an. Aber Fatima kann das Leben noch nicht loslassen, sie will ihre Tochter nicht traurig machen.

Als Fatimas Kraft zunehmend schwindet, lächelt sie Najmah an und stellt die entscheidende Frage, die ihr im Muslimischen Glauben wichtig ist:

»Sind alle meine Verfehlungen von dir entschuldigt?«

»Ja, Mutter, meine geliebte Mutter, alles ist vergeben und vergessen. Du sollst in Frieden gehen. Ich liebe dich.«

Fatima schließt die Augen. Tränen laufen über Najmahs Wangen, sie hält Fatimas Hand. Ihre Mutter drückt immer wieder ihre Hand und Najmah drückt sanft zurück. Als Fatimas Hand still in ihrer liegt, steht Najmah auf und küsst die Stirn der Toten. Ohne Schmerzen konnte sie loslassen.

Fatimas Leben auf der Erde endet und sie wird in ihre geistliche Familie aufgenommen. An Fatimas Grab spricht Najmah die letzten Worte:

»Fatima, oh, Fatima, wir verabschieden dein Leben. Wir stehen hier und möchten dich bitten, unseren Vater Mirhat zu begrüßen. Wir lieben dich. Amin.«

Milton Keynes, Juni 2028
Letzte Sitzung

»Guten Tag, Ms. MacDonald.«

Guten Tag, Doktor Miller.

»Wie geht es Ihnen?«

Gut, noch ein paar Tage und dann fliege ich nach Kairo.

»Schön, schön.«

Und wie geht es Ihnen?

»Auch ich werde in die Ferien gehen, zwei Wochen noch. Dann kann ich auch mal etwas abschalten.«

Ein bestimmtes Ziel?

»Ja, ich werde meine Schwester in Vancouver besuchen. Sie beendet dort ihr Masterstudium in Ingenieurswesen.«

Oh, auch schön dort, ich wünsche Ihnen viel Spaß.

»Danke, ich wünsche Ihnen auch einen schönen Urlaub in Ägypten.«

Danke. Wollen wir anfangen?

»Ja, fangen wir an.«

Also, dann lege ich mal los. Heute ist es etwas schwerer als sonst, der Jahrestag holt mich immer wieder ein. Das liegt bestimmt daran, dass ich direkt betroffen bin. Am 11. September werden auch viele New Yorker an den Anschlag auf das World Trade Center denken müssen.

Solche Tage stehen irgendwann in Geschichtsbüchern, aber sie betreffen uns immer noch ganz persönlich. Die Älteren müssen es den Jüngeren erzählen, damit nichts vergessen wird. Aber die Kinder können es nicht richtig nachempfinden. Leider ist das immer so, etwas Schlimmes passiert, es gerät in Vergessenheit und wieder passiert etwas Schlimmes. Erst ist die Menschheit schockiert und viele Jahre später ist es nicht mehr so schlimm. Dann werden die gleichen Fehler noch einmal gemacht. Es gibt kaum mehr Zeitzeugen aus dem Zweiten Weltkrieg und irgendwann wird es auch keine Zeitzeugen mehr vom Londoner Anschlag geben. Das ist der Lauf der Dinge. Die Erde dreht sich weiter. Aber ich sitze noch hier und ich muss mit dem Verlust meiner Kinder fertig werden.

Brian. Er hatte noch so viel vor. Diana. Meine liebe Tochter. Gerade mal zwölf Jahre alt, im Fußball supergut. Ich habe Andrew und die Kinder zum Flughafen in der Bahn begleitet und mich von ihnen verabschiedet. Fiona wollte mich vom Flughafen abholen mit ihrem Mann Christopher. Im Flugzeug hatten sie keine Chance.

Ich habe die Vibration der Detonation gespürt. Ich glaube, ich hab noch geschrien, aber mehr weiß ich nicht mehr. Ich lag sechs Monate im Koma. Eine Eisenstange ging durch meinen Kopf und zerstörte mein linkes Auge. Ich erwachte in Birmingham aus dem Koma. Ich habe nichts mehr gewusst. Ich wusste nicht, wer ich bin, woher ich komme, alles war wie ausgelöscht. Ich musste so viele Übungen machen, ständig sprechen üben.

Monate später erkannte meine Schwester Clara mich auf einem Foto im Internet. Erst sie konnte meinem Gedächtnis auf die Sprünge helfen.

Ja, heute denke ich an Andrew, ich denke daran, wie er mich umarmt, wie er mich liebt, wie er mich fickt. Ups, ähm – das ist mir jetzt peinlich, das war ein wenig zu offen.

»Alles gut, Ms. Mac Donald. Hier dürfen Sie vieles sagen, solange Sie nicht mich beleidigen, ist alles in Ordnung.«

Tja, da sprechen Sie was an. Manchmal verfluche ich dieses Leben. Ich verfluche die Leute, die Spaß haben, die etwas Schönes mit ihrer Familie unternehmen können. Die es sich herausnehmen, Hand in Hand und mit einem breiten Grinsen im Gesicht durch den Park zu schlendern. Die sich vor meinen Augen umarmen und küssen.

Und ich sitze allein auf der Scheißparkbank und verfluche jeden Moment, in dem ich atmen kann. Ich habe oft heftige Stimmungsschwankungen, besonders, wenn ich nichts zu tun habe. Die Verzweiflung in mir ist manchmal so groß, so gigantisch, und ich möchte dann alles kurz und klein schlagen.

Ich brauche Abstand, ich muss raus aus England.

Immer wieder stehe ich am Fenster und sehe gar nicht die Welt draußen. Ich blicke zurück auf unser Leben, wundere mich darüber, wie wir alles gemeistert hatten. Wir waren so sorglos. Tja, jetzt bin ich mit der Einsamkeit konfrontiert, jetzt bin ich ganz allein. Habe ich vergessen zu erwähnen: Meine Mutter ist gestorben.

»Mein herzliches Beileid, Ms. MacDonald. Das tut mir wirklich leid.«

Danke, wenigstens musste ich nicht nachhelfen. Sie hat aufgegeben. Ich bin dankbar, dass sie friedlich gegangen ist und die Maschinen dann abgeschaltet wurden. Ich wollte auf keinen Fall die lebenserhaltenden Maßnahmen abschalten. Und nun, wo alle weg sind, frage ich mich: Was mache ich denn jetzt?

Da ist kein einziges direktes Familienmitglied mehr, keine Eltern, keine Geschwister, kein Mann, keine Kinder, keine beste Freundin, alle sind tot. Und der Sohn meiner Schwester wurde von seinem Vater nach Canada mitgenommen. Noch nicht einmal eine Telefonnummer hat er hinterlassen. Toller Schwager. Sarkasmus pur. Wegen meinem Auge und meiner leichten Behinderung kann ich nicht arbeiten. Gut, ich habe das Haus geerbt, aber was soll ich denn allein damit? In jedem Zimmer stecken hunderte Erinnerungen an die, die nicht mehr da sind.

Ich beziehe eine Witwenrente, eine zweite Rente wegen meiner körperlichen Einschränkung. Ich habe viel zu viel Zeit, das verursacht pure Langeweile, scheußliche Langeweile. Mir fällt nichts ein, was ich dagegen machen könnte. Aber ich habe ja meinen Urlaub. Der wohlverdiente Urlaub, obwohl ich nicht arbeite, haha!

Die schrecklichen Momente meines Lebens haben mich gezeichnet. Die Leute schauen mich so merkwürdig an, weil ich nicht mehr dieselbe bin. Die Nachbarn tun gern, als ob sie mich nicht bemerken würden. Oder sie nicken nur kurz und sagen mir mit ihren Blicken: Wir wissen es schon, also halt deine Klappe. Nerv uns nicht, wir haben mit unseren eigenen Problemen zu kämpfen.

Es ist schwierig, im Erwachsenenalter neue Freundschaften zu schließen, man hat kaum Vertrauen in fremde Menschen, der Austausch mit neuen Leuten fällt im Alter schwer. Kommt noch eine Behinderung wie bei mir hinzu, sind die Mitmenschen erst recht irritiert. Gut, ich trage ein Glasauge, aber das bewegt sich ja nicht mit.

Die Leute schauen erst auf mein linkes, dann auf mein rechtes Auge, und bleiben dann beim linken Auge hängen. Ihr Gehirn will ihnen bestimmt sagen: Da stimmt etwas nicht! Warum bewegt sich das Auge nicht?! So ergeht es mir ja selbst, wenn ich in den Spiegel schaue. Ich habe lange darunter gelitten, aber jetzt habe ich ja ein Ziel, ich tue etwas.

London liegt in Schutt und Asche, viele Zonen darf man nicht betreten, weil verstrahlter Müll herumliegt. Man könnte dort nicht lange überleben. Ich bin ja keine Wissenschaftlerin, aber überall verschmutztes Uran, das ist doch alles radioaktiv – na ja, was ich sagen will: Ganz London ist doch eigentlich verseucht. Erhöhte Krebsgefahr, erhöhte Verstrahlung möglich. Unsere britische Regierung wurde auf einen Schlag fast halbiert. Viele haben den Angriff nicht überlebt. Kommt noch hinzu, dass viele Opfer nicht identifiziert werden konnten. Im Internet kursieren so unglaublich viele Theorien darüber.

Die Regierung stecke dahinter, Amerika, Russland oder China habe es getan. Tonnenweise kuriose Verdächtigungen und Theorien über die arabischen Länder. Ich bin genauso traumatisiert wie die meisten Engländer – und ich bin wütend. Das Einzige, was mir bleibt, ist der Scheißflughafen London Heathrow als Friedhof meiner geliebten Kinder und meines geliebten Ehemanns. Das ist der einzige Ort, den ich mir aus sicherer Entfernung anschauen darf.

Aber ich versuche ja meinen inneren Frieden zu finden. Ich habe ein Ziel: den Urlaub.

Ich habe die Verdächtigen im Fernsehen gesehen, einige kommen aus Ägypten, ein paar aus Saudi-Arabien. Das Geld soll aus Amerika geflossen sein, die Informationen aus China und Russland. Ausgerechnet die beiden Länder sind ja auch nicht gerade bekannt dafür, die Wahrheit zu zeigen. Sie unterdrücken ihr Volk. Aber wo ist da der Unterschied zu unserer Demokratie? Hier wird ein Whistleblower auch ins Gefängnis gesteckt, wenn er wegen nationaler Sicherheit eine Gefahr für die Öffentlichkeit darstellt.

Wie sagt man so schön: Wer die Geschichte bestimmt, bestimmt auch die Vergangenheit, die Gegenwart und die Zukunft. Ich weiß bloß nicht mehr, wo ich das gelesen habe. Vielleicht in Bradburys »Fahrenheit 451«?

Aber jetzt bin ich mal an der Reihe, Geschichte zu schreiben. Haha! Ich und Geschichte schreiben. Ich fliege ja nur nach Kairo.

»Das wird bestimmt intensiv und schön, Ms. Mac Donald.«

Ja, das hoffe ich. Ich sollte meine Koffer packen.

»Oh ja, ich wünsche Ihnen einen schönen Flug!«

Danke.

London, 6. Juni 2022
Zwei Tage vor dem Anschlag

»Charlotte, kann ich dich kurz sprechen?«

Charlotte schloss die Augen und atmete tief ein. Eigentlich hatte sie schon seit fünf Minuten Feierabend, aber wenn der Chef ruft, kann man sich ja nicht aus dem Staub machen.

»Ja, Bob, ich komme gleich.« Widerspenstig geht sie vom Verkaufsbereich in sein Büro.

»Danke, Charlotte, ich komme gleich zur Sache. Ich brauche unbedingt deine Hilfe. Kathy ist ausgefallen, Rihanna und Christine sind nicht da.«

»Und wie kann ich helfen?«

»Kannst du bitte zwei Tage später in den Urlaub fliegen? Ägypten, nicht wahr?«

Bob versuchte, ein freundliches Lächeln aufzusetzen.

»Aber ich habe ihn doch schon gebucht.«

Sie wusste, dass Bob ihr die Enttäuschung vom Gesicht ablesen konnte. Sie war nie gut darin gewesen, ihre Gefühle zu verstecken. Außerdem hatte sie in den letzten Tagen von nichts anderem als dem Urlaub gesprochen.

»Keine Sorge, ich erstatte dir die Umbuchungskosten für den Flug, ich brauche nur den Beleg von dir.«

Charlotte atmete tief ein, sie schaffte es mal wieder nicht, nein zu sagen. Als sie die Schultern hob, ergriff Bob die Chance und sagte schnell: »Bitte, wir benötigen dich Freitag und Samstag.«

»Okay, Bob, ich gebe zu Hause Bescheid.«

»Danke, Charlotte, du hilfst dem Kaufhaus sehr. Du bist die Beste.«

»Ja, Bob, ich weiß, ich weiß …«

Charlotte ging zurück in den Verkaufsraum, um endlich Feierabend zu machen. Bis zu diesem Tag hatte sie nur einmal spontan für ihre Kollegin einspringen müssen. Das war kurz nach Weihnachten gewesen. Charlotte hatte sich selbst dafür verflucht, dass sie ans Telefon gegangen war. Wäre sie nicht rangegangen, hätte Bob einfach die nächste Kollegin angerufen.

Während Charlotte noch einmal zurück in die Feinkostabteilung eilte, um zu schauen, ob sie ruhigen Gewissens in den Feierabend gehen konnte, ärgerte sie sich über Kathy und Rihanna. Die mussten sich natürlich beide beim Trampolinspringen die Füße anbrechen. Welche Frau im Alter von vierzig Jahren springt denn auf einem Rummelplatz Trampolin? Was machen Single Ladys nicht alles für einen Mist mit, und das dann auch noch angetrunken.

Mit dem Gewicht hätte ich mich sicherlich nicht auf ein Trampolin gewagt, dachte Charlotte sich. Sie hätten sich verdammt noch mal das Genick brechen sollen. Charlotte seufzte. Jetzt dieser ganze Stress, ich muss schnell noch im Reisebüro anrufen, um den Flug zu verschieben. Na ja, was bringt es mir, mich jetzt weiter aufzuregen. Ich muss noch schnell das Regal mit Karamellkeksen auffüllen.

Die Kunden schlenderten plaudernd durch die Gänge der Feinkostabteilung. Charlotte durfte nicht unglücklich aussehen. Sie setzte ein Lächeln auf, während sie sich vorstellte, wie enttäuscht Brian und Diana sein würden. Auch Andrew hatte sich darauf gefreut, am Abend mit ihr zu entspannen. Regungslos starrte sie in das leergeräumte Regal und merkte nicht, dass eine Kundin mit ihr sprach.

»Oh, Entschuldigung, ich war in Gedanken. Wie kann ich Ihnen helfen?«

London, 2022
Zehn Tage nach dem Anschlag

Guten Tag, meine Damen und Herren, ich bin Sally Vale Rideout und hier sind die News des Tages. Die Übergangsregierung hat uns die Freigabe erteilt, Ihnen die neuesten Erkenntnisse zu vermitteln: Uns wurde mitgeteilt, dass es sich um knapp zwanzig Täter handelt. Acht der Täter sind einen Tag vor dem Anschlag in zwei unterschiedlichen Flugzeugen aus Kairo angereist, es handelt sich nicht um gebürtige Ägypter. Sie haben keine Straftaten, sind nie mit dem Gesetz in Konflikt geraten.

Auch die Durchsicht ihrer Mobiltelefon-Nachrichten haben keine Auffälligkeiten gezeigt. Weitere zwölf Täter verschiedener Nationalitäten haben in London gelebt. Die Attentäter sind zwischen fünfundzwanzig und fünfunddreißig Jahre alt.

Harsi Muck Barem Ali Harram hat sich in einem Internetvideo zum Kopf der Terrorgruppe erklärt. Jedoch wurde nicht bestätigt, ob es sich um einen Menschen handelt oder lediglich um einen Avatar.

Ferner wurden uns weitere Einzelheiten mitgeteilt: Insgesamt sind vier Anschläge in kurzen Zeitabständen vollzogen worden. Die abgeworfenen Bomben detonierten am Heathrow-Flughafen, am House of Parliament, an der London City Hall und eine direkt über Wimbledon. Hier sehen Sie Aufnahmen aus Hubschraubern. Wie Sie sehen, ist halb London zerstört. Die von der Übergangsregierung geschätzte Opferzahl in Höhe von 50.000 bis 100.000 Toten muss korrigiert werden. Den neuesten Daten zufolge beträgt die Zahl der Toten 687.753. Tausende gelten als vermisst. London hält damit einen traurigen Rekord. Kein terroristischer Anschlag hat jemals so viele Menschenleben gefordert. Kein Ereignis in der Geschichte unseres geliebten Englands ist vergleichbar mit diesem Tag. Tausende Opfer sind noch nicht identifiziert, tausende Verletzte befinden sich in den überfüllten Krankenhäusern, die nicht alle Patienten und Patientinnen aufnehmen können.

Wir können Ihnen nicht sagen, wie unser Leben, unser Alltag weitergehen wird. Das Wimbledon Turnier musste abgesagt werden, es wird natürlich kein Grand-Slam-Turnier stattfinden, alles liegt in Schutt und Asche. Einige der Tennisspieler und Junioren, die sich auf das große Turnier vorbereitet haben, sind beim Anschlag ums Leben gekommen. Erschreckend kommt hinzu, dass die Bomben der Terroristen mit ungereinigtem Uran verseucht waren. Die Strahlung kann nicht kontrolliert werden, es besteht Lebensgefahr. Längerer Hautkontakt mit Teilkörperexpositionen kann zu Beta-Strahlung führen, also der direkten Gefahrstelle oder dem Gefahrstoff ausgesetzt sein.

Die Bevölkerung wird gebeten, sich London fernzuhalten. Versuchen Sie, bei Freunden und Verwandten unterzukommen. Weiterhin warnen Wissenschaftler und Wissenschaftlerinnen davor, wahllos Jod-Tabletten einzunehmen. Die Einnahme von Jod-Tabletten sollte nur erfolgen, wenn die Bevölkerung explizit dazu aufgefordert wird. Eine zu hohe Dosis von Jod verursacht eine Über- oder Unterfunktion der Schilddrüse, bei besonders hoher Einnahme kann es zu neurologischen Ausfällen, also einem Koma, kommen. Die Bevölkerung wird zur

Vorsicht gemahnt, helfen Sie Ihren Mitmenschen und Ihren Nächsten.

Nun etwas in eigener Sache: Ich spreche Ihnen Mut zu, unser Team spricht Ihnen Mut zu. Wir sind Engländer und lassen uns nicht unterkriegen. Glauben Sie an sich, an unseren Staat, an unsere Mitmenschen. Geben Sie nicht auf. Ich, nein, wir wünschen Ihnen viel Kraft. Es tut mir leid, meine Tränen laufen, ich bin … genauso geschockt wie sie. Ich hoffe, dass wir alle die Kraft haben, um diese Zeit gemeinsam durchzustehen. Ihre Sally Vale Rideout und Team.

Sally hat sich mit letzter Kraft professionell verabschiedet, die Sorgen um ihren Ehemann Marcus Vale Rideout bringen sie fast um. Sie schaut auf ihr Handy und öffnet das Foto von Marcus, das sie so liebt. Sie waren im Café. Auf dem Bild lächelt er sie verliebt an.

Er wollte unbedingt außerhalb und nicht gehetzt zu Hause frühstücken, also hatte er »I've been looking for freedom« auf volle Lautstärke gedreht und Sally damit aus dem Bett verjagt. Als sie mit rotem Gesicht durch den Flur ins Badezimmer stapfte, sprach ihr Gesicht Bände: Sie hätte Marcus erwürgen können.

»Es ist eine Überraschung, ich mache mich extra schön für dich, meine heiße Frau. Also bitte mach mit. Ich gehe schon mal unter die Dusche.«

Marcus grinste sie breit an. Sie kannte dieses Grinsen: So sah er nur aus, wenn er etwas ausgeheckt hatte. Sie hatte schon am Anfang ihrer Beziehung gelernt, dass er etwas im Schilde führt, wenn er wie ein kleiner Junge herumdruckst. Sally konnte ihm nicht länger böse sein und ihre Grübchen vor ihm verstecken.

»Ist schon gut, Marcus, ich mache mich schön für meinen heißen Mann.«

Mit einem zufriedenen Lächeln zog er den Duschvorhang zu und sagte: »Danke sehr.«

Als Sally wenig später aus der Dusche kam und ins Schlafzimmer ging, um sich anzuziehen, bemerkte sie an der Garderobe im Flur die frisch polierten braunen Cordovan-Schuhe und Marcus' schwarzen Anzug mit einem hellblauen bereits gebügelten Hemd. Sally zog gespannt die Augenbrauen hoch, tat aber so, als hätte sie nichts bemerkt, als Marcus ihr in Unterhose und Shirt entgegenkam. Sie beschloss, sich nicht weniger Mühe als ihr Mann zu geben, und suchte sich aus dem Kleiderschrank ihr silbern-schwarzes Etuikleid heraus.

Beide sahen umwerfend aus, als sie ins Auto einstiegen, doch als er sie in das Swiss Bread Bakery and Café führte, musste sie schallend lachen.

»Unser Dresscode is way out of league! Was soll das? Wir sind hier in einer gewöhnlichen Bäckerei. Nur weil hier Swiss steht, ist es nichts Besonderes!«

»Alles gut, lass dich einfach darauf ein.«

»Du bist verrückt!«

Er bestellte ein Schweizer Frühstück mit Käse aus dem Aargau. Dazu tranken sie französischen Rosé-Champagner. Sally genoss den Luxus und fragte sich, warum Marcus sich so ins Zeug legte. Aber sie verscheuchte diese Gedanken schnell und ließ sich auf die Romantik mit ihrem Ehemann ein.

Nachdem er gezahlt hatte, führte er sie an der Hand zurück zum Auto, öffnete ihr die Tür und wartete, bis sie eingestiegen war. Mit einem geheimnisvollen Lächeln auf den Lippen fuhr er mit ihr an der Londoner Promenade entlang und parkte nach einer halben Stunde in Mayfair. Ohne ein Wort zu sagen, führte Marcus sie zu einem Juwelier. Nicht irgendein Juwelier, wie Sally mit stockendem Atem feststellte, sondern Asprey. Verwundert drehte sie sich zu Marcus um, der mit leuchtenden Augen sagte:

»Ich hab doch gesagt, heute ist was Besonderes! Du kannst dir etwas aussuchen, der Brillie gehört dir. Zum zehnjährigen Jubiläum!«

»Du hast es nicht vergessen! Wahnsinn! Ist das dein Ernst? Ich kann mir etwas aussuchen?«

»Ja, du darfst es dir wirklich aussuchen.«

Ein paar Wochen später ging Sally panisch im Büro auf und ab und murmelte: »Ich kann nicht mehr nach Hause.«

»Was ist denn los, Sally?«, fragte Tammy besorgt.

»Ogottogott, ich kann nicht mehr nach Hause!«

»Nun beruhige dich doch erst mal und sag, was los ist.«

»Ich habe Marcus quasi jahrelang gedrängt, mir zum zehnten Jahrestag einen Diamantring zu kaufen. Und nun hat er mir tatsächlich einen Diamantring gekauft, aber ich glaube, ich habe ihn verloren!«

In diesem Moment kam Sallys Kollegin Rachel ins Büro und sagt in einem verspielten Ton: »Ach ja, wenn die Verliebten doch nicht immer ihre Sachen überall rumliegen lassen würden.« Sie zückte den Diamantring aus ihrer Hosentasche und die drei konnten beinahe hören, wie der Stein von Sallys Herzen fiel.

»Oh mein Gott, du hast ihn gefunden!«

»War ja nicht schwer, etwas, das so funkelt, in der Damentoilette zu übersehen. Das tut ja schon fast weh, wenn man den anschaut.«

»Du bist ein Schatz!«

Rachel richtete den Finger auf Sally und sagte: »Moment mal, so einfach kriegst du den nicht zurück!«

»Wieso?«

»Finderlohn! Ich muss mir ein Frühstück erbeten.«

Sally lachte erleichtert auf. »Natürlich, das übernehme ich gern.«

»Und vergiss nicht Tammys Unterstützung!«

»Ach du, natürlich lade ich euch beide zum Frühstück ein.«

Sally berührt den gelben Diamantring voller Sorge. Sie kann Marcus seit heute früh nicht erreichen. Sie versucht, Ruhe zu bewahren, sie muss arbeiten. Sie ist jetzt nicht nur dem Sender, sondern auch jedem Menschen in England verpflichtet, die Nachrichten zu verbreiten.

Einen Tag später soll Sally erfahren, dass ihr geliebter Ehemann Marcus Vale Rideout tot aufgefunden wurde, ihr Herz zerbricht. Suizid. Warum er sich das Leben genommen hat, sollte sie jahrelang quälen. Sie hat nie den Grund erfahren können.

Milton Keynes, Juni 2028
Abflug nach Kairo

Die Ausreise aus England, das Fliegen überhaupt ist schwierig geworden. Die Sicherheitsbestimmungen und -kontrollen sind verschärft. Die britische Regierung hat Sorge dafür getragen, dass die Bestimmungen an allen Flughäfen angepasst wurden.

Die Bevölkerung stimmt den Verordnungen größtenteils zu, Einwände oder gar Demonstrationen dagegen werden schnell unterbunden. Nicht etwa vom Staat, sondern von den Bürgerinnen und Bürgern selbst. Verletzte nehmen sie dabei schon lange in Kauf.

Beleidigungen sind dabei noch das harmloseste. Im Internet werden Menschen anderer Meinung verunglimpft, als Nutten oder Hurensöhne beschimpft. Manche Politiker nutzen die angespannte Lage gezielt aus, um gegen ihre Widersacher vorzugehen, und hetzen die Bevölkerung zusätzlich auf.

Der letzte Politiker, der das zu spüren bekam, ist Elder James, der die strengen Sicherheitsbestimmungen in Hinblick auf den Tourismus kritisiert hat. Er ist schon immer wegen seiner Kommentare als Dissident bekannt. Als eine Kollegin seiner Partei einmal die Frauenrechte anprangerte, legte er sich einfach im House of Parliament auf den Boden und tat so, als ob er schlafen würde.

Zwei Wochen nachdem Elder James seine Meinung zu den Sicherheitsbestimmungen geäußert hatte, wurde er mit üblen Knochenbrüchen ins Krankenhaus eingeliefert. Die Fahndung nach den Tätern wurde von der Polizei und mithilfe der Regierung zügig unter der Kategorie Bagatelle mit dem Vermerk »persönliche Provokation« eingestellt. Gerüchten zufolge haben Elder James' Angestellte selbst Hand angelegt, sein persönlicher Assistent William hatte ihm wohl schon länger eine persönliche Lektion erteilen wollen. Bei einem Interview nach seiner Entlassung aus dem Krankenhaus antwortete Elder James auf die Frage nach dem Tathergang, dass er die Treppe heruntergefallen wäre. Die Journalistin nahm dies mit einem zufriedenen Lächeln auf und stellte ihre nächste Frage.

Die einstige Kaste der Bildungsbürger hat sich im Laufe der Jahre nach dem Anschlag in einen aggressiven Mob verwandelt. Die Einreisebestimmungen für ausländische Reisende sind mittlerweile grotesk, zum Teil stark rassistisch motiviert. Weiße Menschen können sehr leicht einreisen, während Menschen aus Afrika, Asien, Südamerika und besonders Menschen aus arabischen Ländern doppelt und dreifach durchsucht werden. Sie müssen besondere Aufnahmeregelungen nach den Kategorien A bis F durchlaufen. A steht für »einfache Einreise«, F für »Arbeitserlaubnis und Aufenthaltstitel«.

Muslimischen Menschen wird die Einreise kategorisch verweigert, nur Ausgewählte, meistens gut Betuchte können sich zur Einreise qualifizieren. Die erniedrigende Prozedur, mit Leibesvisitation bis hin zur Untersuchung im Afterbereich mit rabiaten Mitteln, halten die meisten Muslime davon ab, den Versuch der Einreise zu unternehmen. Den Vorwurf der Doppelmoral lässt die britische Regierung als Kritik nicht gelten.

Charlotte ist zum Flughafen unterwegs. Das Reisebüro hat ihr mitgeteilt, dass sich jeder Passagier mindestens vier Stunden vor dem Abflug am Flughafen einfinden soll, um Verzögerungen bei der Ausreise zu vermeiden. Auch die Abflughäfen sind mit der neuesten Sicherheitstechnik ausgerüstet, es wird alles geröntgt und doppelt geprüft, selbst im Eingangsbereich.

Während die beiden Flughäfen London City Airport und Heathrow Airport noch in Schutt und Asche liegen, wurde der ehemals kleine London Luton Airport in den letzten Jahren vollständig neu ausgebaut und ist jetzt der größte Flughafen Englands. Gegen die Einwände einer Naturschützerin, die ihre Stimme für die gefährdeten Tiere, die mit dem Ausbau des Flughafens ihren Lebensraum verlieren würden, erhob, sagte ein populärer Politiker in einer Fernsehtalkshow: »Fuck animals. I want my life back.«

Von Milton Keynes fährt Charlotte direkt zum Luton Airport. Sie muss einen Umweg über Rom nehmen, von dort aus geht es dann direkt nach Kairo. Sie hat einen Alibi-Koffer mit Sommerkleidung gepackt.

Früher hat sie immer an das Gute geglaubt, aber seitdem sie ihren geliebten Andrew, ihren unglaublich schönen Brian, ihre brillante Tochter Diana, ihre Schwester Carla, ihre beste Freundin Fiona, ihren Bruder John, ihren Vater William und zu guter Letzt ihre Mutter Monica verloren hat, glaubt sie an gar nichts mehr. Sie hat keinen Grund mehr, um am Leben zu bleiben, es hält sie nichts mehr in dieser Welt. Jeder Mensch, denkt sich Charlotte, der mich verurteilen will, soll sich erst mal meine Schuhe anziehen.

In einer Fernsehsendung hat sie einmal einen Regisseur sagen hören, dass nur zwei Typen von Menschen sich wirklich ändern können: Drogensüchtige und Personen, die einen Schicksalsschlag erleiden. Der Verzicht auf die tägliche Einnahme der Suchtmittel lasse sich ganz tief in den Synapsen spüren und zeichnet den Körper. Bei einem Schicksalsschlag könne sich der friedliebendste Mensch von einem zum nächsten Moment in ein wildes Tier verwandeln. Er werde zum Monster, zur wildgewordenen Bestie. Der Auslöser der Verwandlung könne ein Krieg, ein Anschlag, eine Schießerei oder eine Attacke sein. Es könne zu einer unbewussten Verteidigung im Hier und Jetzt oder zu einer bewussten Rache zu einem späteren Zeitpunkt kommen. Bei Letzterem könne die Reifung zu einem Racheplan innerlich stattfinden, ohne dass die Umwelt des Betroffenen auch nur einen Hauch der Persönlichkeitsveränderung wahrnehme.

Und nun ist es Charlottes Bestimmung, ihr Ziel zu erreichen und sich zu rächen.

Am 8. Juni passte sich Charlotte der Mode in Kairo an, mit einem weiten leichten Mantel und einem Kopftuch verließ sie das Hotel. Sie hat sich für ein dunkles Make-up entschieden und eine Sonnenbrille aufgesetzt. Die Montur mit dem Gemisch wog schwerer, als sie gedacht hatte. Zum Frühstück im Hotel hatte sie ein Toastbrot mit Nutella und Kirschkonfitüre gegessen, dazu eine heiße Schokolade mit Zimt.

Sie machte sich auf den Weg zum Khan-al-Khalili-Basar im Islamischen Viertel, dem größten Markt Kairos, um dort auf den Knopf zu drücken. Christopher hatte ihr geraten, den Knopf nicht zu früh zu drücken. Wenn sie ihn einmal gedrückt habe, könnten die chemischen Stoffe nicht mehr aufgehalten werden. Das Ganze passiere schnell und man explodiere quasi innerhalb weniger Sekunden. Wie die Bombe genau funktioniert, hatte

Charlotte nicht verstanden, aber sie hatte sich vorgenommen, jeden Hinweis von Christopher genau zu befolgen.

Der Weg war kurz, sie hatte das Hotel extra in der Nähe des Basars gebucht. Das Reisebüro hatte ihr zwar schönere Hotels am Nilufer empfohlen, aber sie hatte um ein Zimmer in der Nähe des größten Basars der Stadt gebeten. Charlotte nahm die Menschen, die an ihr vorbeizogen, nur vage wahr. Ihre Gedanken waren bei ihrer Mission. Sie wollte etwas zerstören, sie war sich absolut sicher.

Ein kleiner Junge lief aus Versehen in sie hinein, ihre Sonnenbrille fiel herunter. Sie hob sie schnell auf und sagte zu sich selbst: Jetzt nicht kneifen, nicht kneifen. Als sie wieder aufgestanden war, erblickte sie eine Frau mit einem schönen Kopftuch. Die Frau schaute Charlotte an und lächelte. Eine Welle der Sympathie erfasste Charlotte und sie lächelte zurück. Starke Zweifel überkamen sie.

Warum soll ich das Leben anderer zerstören?

Dann bemerkte sie, dass sie den Knopf unbewusst schon gedrückt hielt. Sie wollte die freundliche Frau warnen, pure Verzweiflung zeichnete ihr Gesicht, aber bevor sie das Wort »Run« aussprechen konnte, explodierte der Kanister unter ihrem Mantel und ihr Körper war nicht mehr am selben Ort.

London, 8. Juni 2022
Terrorangriff auf englischem Boden

»Mama, wo ist denn mein T-Shirt?«

»Welches meinst du denn, mein Liebes?«

»Das rosa Shirt mit dem Einhorn vorne drauf.«

»Das ist im Koffer.«

Diana schaute kurz erleichtert auf, doch im nächsten Moment sagte sie: »Aber was soll ich jetzt anziehen?«

»Nimm doch einfach ein altes, du kannst dir in Ägypten ein neues kaufen. Für den Flug muss man sich nicht in Schale werfen.«

Charlotte zwinkerte ihr zu.

»Gute Idee. Ich schaue mal schnell.« Diana lief die Treppe hoch.

»Liebes, also in einer Stunde müsst ihr zum Flughafen!«

»Ja, ist okay!«

Brian rief durchs Haus: »Papa?«

»Ja, Brian?«, antwortete Andrew aus dem Schlafzimmer.

»Wo ist denn das Duschzeug?«

»Na, in der Kulturtasche.«

»Ach so, okay.«

Charlotte lächelte. So leicht ist der Junge zufriedenzustellen, dachte sie sich.

Als Andrew mit dem Koffer die Treppe herunterkam, sagte Charlotte: »Also, Schatz, ich bringe euch mit dem Auto zur Wimbledon Bahnstation, parke dann und fahre mit Euch mit zum Flughafen. Und am Samstag, den

11. Juni, komme ich dann nach. Ich treffe mich später mit Fiona und ihrem Mann.«

»Ja, ich weiß, dass der Samstag der 11. Juni ist. Du klingst wie eine Sekretärin. Ich denke, wir schaffen das ohne Drama. Kleiner Scherz.«

Charlotte kneift Andrew in den Arm.

»Oje, jetzt bin ich auch noch deine Sekretärin. Hast du an Sonnencreme gedacht?«

»Hab ich reichlich dabei. Schöne Grüße an Fiona und Christopher.«

Charlotte lächelte Andrew an und küsste ihn.

»Ach, ich liebe dich.«

»Ich liebe dich auch.«

Diana rief aus ihrem Zimmer herunter: »Mama? Mama!«

Charlotte atmete erschöpft durch.

»Mama? Wo bist du?«

»Ich bin hier, Schatz, ich komme.«

»Hey, du kannst das Wort Schatz nicht so inflationär benutzen, ich bin dein Schatz, nur ich.«

Sie rollte die Augen und grinste Andrew an.

»Ja, Andrew, nur du bist mein Schatz, aber das da oben ist meine Tochter. Tochter schlägt Ehemann.«

»Autsch.«

Charlotte wollte gerade weitergehen, aber sie drehte sich noch einmal um. Sie legte den Zeigefinger auf Andrews Brust und lächelte. »Ach ja, Sohn schlägt Ehemann auch.«

»Doppelautsch!«

»Mama?! Du wolltest doch kommen!«

»Ich bin unterwegs. Was ist denn so wichtig?«

»Prüfst du noch mal mit mir meinen Koffer?«

Während Brian und Andrew ihre Koffer im Auto verstauten, ging Charlotte mit Diana noch einmal die Packliste durch. Sie hatten noch eine halbe Stunde, bis sie den Zug zum Flughafen nehmen müssten.

»Also habt ihr alles, Kinder?«

»Ja, Mama.«

»Okay, ich habe jetzt extra gefragt, denn ich will vermeiden, dass ihr mich aus Kairo anruft und mir sagt, was ich alles hinterherschleppen darf. Wollt ihr noch mal eure Koffer prüfen?«

»Ja, ich schaue noch mal nach«, sagte Diana, legte ihren Koffer auf den Boden und zog den Reißverschluss auf.

Brian zuckte mit den Schultern:

»Ich brauche nichts mehr, wenn was fehlt, dann fehlt halt was.«

Charlotte strich ihm lächelnd übers Haar.

Diana klappte den Deckel ihres Koffers wieder zu: »Alles okay, habe das Wichtigste dabei. Und ich habe das alte grüne T-Shirt angezogen.«

»Sieht doch gut aus.«

Charlotte fuhr mit ihrer Familie zum Flughafen. Nach dem Einchecken aßen sie im Café noch ein Stück Kuchen. Beim Abschied sagte Charlotte:

»Also, wie besprochen, ich fliege in zwei Tagen nach, wenn ihr noch irgendwas Superdringendes braucht, gebt mir Bescheid. Aber denkt dran: Ich habe nicht so viel Platz im Koffer.«

Andrew lachte und sagte zu Brian und Diana: »Ich könnte schwören, dass eure Mutter gesagt hat, sie will euch nichts hinterherbringen.«

»Ja, Papa, das hat sie gesagt. Wir wissen Bescheid. Nun mach mal kein Drama hier«, sagte Brian.

Charlotte umarmte ihn und küsste seine Stirn.

»Hab viel Spaß, mein Liebling.«

»Mama, nicht vor all den Leuten hier!«

»Schon gut, schon gut. Ich werde dich ja wohl noch umarmen dürfen.«

Sie schloss ihre Arme um ihre Tochter, die sie fest an sich drückte.

»Mama, ich hab dich sooo lieb!«

Anschließend trat Andrew auf Charlotte zu und küsste sie zärtlich auf den Mund.

Brian quietschte von der Seite: »Würg! Eklig, die eigenen Eltern beim Küssen zu sehen.«

Andrew ließ Charlotte nicht los, sondern sagte zu Brian:

»Junger Mann, nun halt dich mal zurück!«

»Ciao, mein Schatz, wir sehen uns.«

»Pass auf dich auf«, sagte Andrew.

»Andrew, ich werde mir noch einen Kaffee gönnen, Fiona braucht noch eine Weile.«

»Hey, mein Name ist Schatz!«

»Nun geht mal langsam durch die Security, ihr verpasst noch euren Flug.«

Charlotte winkte ihrer Familie hinterher und schlenderte zurück zum Café, um sich einen Kaffee zum Mitnehmen zu bestellen.

Sie ging mit dem Kaffee auf die Aussichtsplattform des Flughafens. Um sich die Zeit bis zum Abflug zu vertreiben, rief sie ihre Mutter an und sie plauderten über Gott und die Welt. Sie hörte ihrer Mutter nur mit halbem Ohr zu und hoffte, in sich hineinlächelnd, dass ihre Kinder viel Spaß haben würden. Charlotte schaute auf den Abflugbereich. Ein Flugzeug rollte auf die Landebahn.

Sie erkannte das Logo der Airline, mit der ihre Familie nach Kairo fliegen würde. Sie hob die freie Hand und winkte. Aus dem Augenwinkel bemerkte sie einen größeren Gegenstand, der in unglaublicher Geschwindigkeit vom Himmel fiel.

Das Handy glitt aus ihrer Hand und fiel zu Boden. Mit aufgerissenen Augen sah sie, wie das Ding dem Flieger immer näher kam. Die Szene veränderte sich, sie konnte es nicht verstehen. In dem Bruchteil einer Sekunde schossen Flammen aus dem fallenden Metallgegenstand, ihre Haut nahm eine leichte Hitze wahr, sie sah das Feuer. Eine Druckwelle erfasste das Flugzeug, sie riss alles auf der Startbahn um.

Charlotte erstarrte, ihr Mund öffnete sich, doch kein Schrei löste sich aus ihrer Kehle. Die Druckwelle der Explosion schleuderte sie in den Innenbereich des Flughafens, sie landete in einer Ecke. Zwei Metallrohre, die sich vom Geländer der Aussichtsplattform gelöst hatten, durchstießen ihren Körper, eines ihren Kopf, das andere ihren Magen.

Der Tod trat neben sie und beugte sich mit neugierigem Blick über ihren blutenden Körper. Entschied, dass es noch nicht so weit war.

Birmingham, 2049
Es kommt anders, als man denkt.
Auch für den Teufel.

Die Sonnenstrahlen fallen durch die mit Staub bedeckten Fenster des Zimmers 3A. Sie wärmen Charlottes Fingerspitzen. Sie liegt ganz ruhig. Ihr Atem wird schwerer und schwerer, sie soll nie wieder aufwachen.

Aber sie träumt. Im Koma liegend spürt sie, dass die Lebenskraft sie verlässt, sie ist bereit. Niemand hält ihre Hand, niemand wird sie begleiten.

Sie fragt sich, ob sie Angst vor dem Tod hat. Sie weiß es nicht, aber sie hatte viel Zeit, um über eine Sache nachzudenken, über einen Moment, der sich unaufhörlich vor ihrem inneren Auge abspielte. Sie sieht die junge Frau mit dem Kopftuch, sie sieht das Lächeln, das die Frau ihr auf dem Markt in Kairo geschenkt hat. Charlotte vernimmt eine Stimme:

«Endlich gehörst du mir!»

Wer bist du? Zeig dich mir.

«Ich stehe vor dir, du bist aber noch blind. Aber bald kannst du mich erblicken. Nur noch ein kleines bisschen.»

Bin ich im Himmel oder in der Hölle? Ich rede mit mir selbst, ich halluziniere.

«Himmel! Hölle! Wie banal deine Fragen sind! Du hast das Recht auf solche Fragen verspielt.»

Glaube mir, ich habe lange nachgedacht, lange, und diese Augen, ich habe diese Augen nicht vergessen.

«Welche Augen?»

Du bist nicht allwissend. Also will ich es dir mit meinen letzten Atemzügen mitteilen. Kurz bevor ich die Bombe gezündet habe, hat mich diese junge Frau in Kairo angelächelt. Sie hatte so wunderschöne Augen, ihre Zukunft lag noch vor ihr. Aber mein Daumen drückte schon den Auslöser. Es war zu spät.

«Diese nervtötende Sentimentalität der Menschen! Du hast darüber nachgedacht?! Als könntest du noch etwas daran ändern. Darum bleibt ihr Menschen immer in der Vergangenheit stecken! Ihr seid unfähig, in der Gegenwart zu leben. Eure Gedanken hängen entweder in der Vergangenheit oder in der Zukunft. Doch darüber habt ihr keine Macht!»

Ich gebe zu, ich habe lange gebraucht, sehr lange. Ich bin nicht ohne Fehler. Meine Taten sind unverzeihlich. Diese Augen, diese wunderschönen Augen.

«Ach, du hörst mir nicht zu! Ja, was ist denn mit diesen Augen?»

Wenn ich könnte, würde ich zurückgehen. Ich leide, aber mein Leid ist nichts gegen das Leid, das ich anderen zugefügt habe. Ich war so voller Hass.

«Blabla… Komm auf den Punkt.»

Ich habe keine Vergebung verdient.

«Verstanden. Und?»

Ein einziges Mal, ein einziges Mal möchte ich der jüngeren Charlotte sagen: Egal, was passiert, egal, was kommt, du darfst so etwas nicht tun.

«Du langweilst mich mit deinem Gesülze!»

Ich bin schuld, ich bereue zutiefst, was ich getan habe. Ich weiß, ich habe –

«Was hast du gesagt?!»

Ich bereue es!

«Ach, nerv mich nicht.»

Ich bereue meine Taten zutiefst. Ich bitte um Vergebung.

«Das darf doch jetzt nicht wahr sein!»

Ich kann dich sehen! Ich sehe dich! Ich verlasse dieses Leben!

«Jetzt hatte ich dich beinahe. Aber du siehst, ich kann dich nicht greifen.»

«Tja, irgendwie, Charlotte, sind die Regeln ziemlich beknackt. Eigentlich habe ich ein Anrecht auf dich, aber ich darf dich leider nicht mitnehmen in die Hölle. Aber was solls? Wir sind ja doch im Gleichgewicht und achten aufeinander. Ohne Gott gäbe es keine Hölle und ohne Teufel gäbe es keinen Himmel. Gott und ich, der Teufel, sind gleichwertige Partner.

Das Leid, das eine Seele anderen zugefügt hat, entscheidet darüber, ob ich auf die Seele zugreifen darf oder nicht. Der Tod hat ein waches Auge und überwacht sogar Gott. Die Entscheidung, wohin die Seele kommt, trifft der Tod selbst. Nicht etwa Gott oder ich. Doch ich bin nicht immer mit der Entscheidung des Todes einverstanden. Aber ich muss mich an die Regeln halten.

Du hast dich kurz vor deinem Tod entschieden, zu bereuen und um Vergebung zu bitten. Der Move klappt aber auch nicht immer, ich drücke bei dir nur ein Auge zu, weil die Eisenstange dein Hirn beschädigt hat.

Soll also der Tod entscheiden und ich setze mich in die Anklagebank. Aber komm mich später gern in der Hölle besuchen, wenn du magst. Ich lach mich tot!»

Ein intensiver Lichtstrahl erfüllt den Raum. Eine vertraute Stimme sagt zu ihr:

«Charlotte, es ist überstanden. Du hast genug gelitten, du darfst in Ruhe gehen.»

Charlotte schaut auf und traut sich zu lächeln, als sie Andrew erkennt und seine warmen Hände ergreift. Diana und Brian lachen voller Freude und schlingen ihre Arme um ihre Mutter.

Ein klassischer Fall von Schrödingers Gedankenexperiment aus dem Jahre 1935. Wer hätte gedacht, dass ein Mensch, ein MENSCH, auf so eine einfache Erklärung kommt. Und die gilt nicht nur für die Physik, sondern auch für die besonderen Umstände des menschlichen Zusammenspiels, nicht schlecht für einen Idioten von Mann.

Ein Moment, der vorher passiert, kann Kausales hervorrufen, also auf dem Verhältnis zwischen Ursache und Wirkung beruhend. Und wenn es nicht passiert, dann nicht. Wir wissen nicht, wann. Wir wissen nicht, wo. Wir wissen nicht, wie. Könnte es nicht anders passieren?

Fassen wir das Ganze mal sachlich zusammen. Klar, wie das der Mensch immer so betont, sachlich zu bleiben, es aber nie schafft. Ich muss immer wieder staunen, wie stupid einige sind.

Wenn Charlotte ihre Familie nicht beim Londoner Anschlag verloren hätte, hätte sie dann den Angriff in Kairo für nötig befunden? Aber der Tod lässt sich nicht austricksen, Charlotte hätte ihre Familie anders verloren.

Wären die Bomben nicht in London explodiert, hätte Fatima ihre Familie nicht dennoch verlieren können? Wenn Fatima ihre Kinder und ihren Mann verliert, hätte sie auch verbittert bleiben können, und nie wieder Hoffnung und neue Liebe! Ja, natürlich.

Wer darf hier eigentlich den Richter oder die Richterin spielen? Jeder ruft schnell: Ich, ich! Aber bist du frei von Schuld? Ziehen wir uns erst einmal die Schuhe des anderen oder der anderen an. Lebt die Katze oder ist sie schon gestorben? Well, die Antwort kommt von dir!

Mit einem lachenden Auge und einem weinenden Auge sage ich Tschüss und hoffe auf ein Wiedersehen! Du fragst dich noch, wer dir die Frage stellt? Wer könnte es schon sein? Ich bin es, dein Beelzebub! Dein innerer Teufel persönlich.

Nun hatten wir im Buch schon ein paar Rezepte, das Ganze möchte ich mit einem Klassiker abrunden: dem Grilled Cheese Sandwich:

Man nehme zwei Scheiben Toastbrot, am besten weißes Toastbrot, aber jede Sorte ist okay. Dazu einen guten Sbrinz-Käse oder so einen richtig fettigen, reifen Käse. Man streicht ordentlich Butter auf die erste Toastbrotscheibe, darauf legt man den Käse (nicht zu dünn schneiden). Auf die zweite Scheibe schmiert man auch ordentlich Butter und dazu gibt man noch einen kleinen Klecks Honig.

Dann nehme man eine beschichtete Pfanne und lässt zwei Esslöffel Butter darin zergehen. Anschließend legt man die zusammengelegten Toastscheiben in die Pfanne und wartet, bis die eine Seite goldgelbbraun wird, dann dreht man das Sandwich um und lässt die zweite Hälfte goldgelbbraun werden. Nun schlägt man ein Ei in eine kleine Schale und verquirlt es mit einer Gabel, um es anschließend über das Sandwich zu gießen. Nun wartet man, bis das Ei richtig schön fest geworden ist.

Nun, nun: Bon Appetit!

Was?! Du beschwerst dich darüber, dass ich hier noch ein Rezept empfehle? Also nun wirklich! Genieß doch einfach das Sandwich und freu dich auf das Glücksgefühl, das dich mit Sicherheit überkommen wird.

Und noch etwas: Mach dich nicht lächerlich, indem du sagst, dass du das Böse nicht in dir tragen würdest.
Hahaha! Welch ein Genuss! Oh, der Käse tropft!

Du kannst mich gerne besuchen kommen, ich nehme immer neue Seelen auf!

Und denk dran: Lachen tut gut!

PLAYLIST

Stromae – L'enfer
Doja Cat – Boss Bitch
This Mortal Coil – Song To The Siren
DJ Goja – Go
Jackson And His Computerband – Arp #1
Michelle Gurevich – Feel More
Sevana – Lowe Mi
The Struts – Could Have Been Me
Björk – Army Of Me
Björk – Violently Happy

Stephanie Michaela Weiss
KOHLENSTAUB AUF GLAS

Am liebsten würde sie dem unbarmherzigen Bayerwald für immer
entfliehen: Als Kind hat Josefa wegen ihres ungewöhnlichen Aussehens
unter den abergläubischen Waldlern ebenso zu leiden wie unter den
Misshandlungen ihrer Mutter.

Als junge Frau erfährt sie – wenn auch nur für kurze Zeit – was
Glück bedeutet. Viel zu schnell wird es ihr jedoch auf grausame
Weise wieder genommen. Doch sie bäumt sich auf ihre eigene Art
gegen ihr Schicksal auf und denkt dabei immer zuerst an ihren Sohn,
für den sie sich eine bessere Zukunft wünscht. Eine mitreißende
Geschichte, die im Bayerischen Wald des 19. Jahrhunderts spielt und
unter die Haut geht.

264 Seiten, 12x19 cm, broschiert
EUR 19,99 (D/AT)
Erscheinungsdatum: 1.8.2022
ISBN 978-3-9525522-2-3

Gökhan Göksen
QUITTENBÄUME

In seinem Roman »Quittenbäume« erzählt Gökhan Göksen die
Geschichte von Matthias, einem Jungen, der seine erste Liebe verliert.
Seine sonst so sichere Welt, bestehend aus einer intakten Familie,
einem schönen Zuhause, guten Schulnoten, gerät ins Wanken.
    Noch bevor er das Abitur erreicht, verliert er den Glauben daran,
dass das Leben schön sein kann. In einer Freistunde auf dem
Schulhof lächelt ihn das Glück an und er versucht es festzuhalten.
Eine anrührende Geschichte über die Liebe, die so uneindeutig
sein kann, beginnt.

---

252 Seiten, 12x19 cm, broschiert
EUR 12,80 (D/AT)
Erscheinungsdatum: 1.1.2022
ISBN 978-3-9525522-0-9

GÖKHAN GÖKSEN

geboren 1978 in Hamburg, arbeitet seit 20 Jahren als
Export-Sachbearbeiter in Deutschland und in der Schweiz.
Er tanzt, malt Bilder, fotografiert.
«Charlotte und Fatima» ist sein ist sein zweiter Roman.
Er lebt in Zürich, Schweiz.

SIXTHKYŪ

DER SIXTHKYU VERLAG

Der Sixthkyu Verlag steht für ungewöhnliche Geschichten. Wir möchten das Besondere und Schöne veröffentlichen, sind offen für skurrile und ulkige Geschichten mit schwarzem Humor. Es darf ruhig etwas schräg sein. Wir lassen uns gern überraschen.

Was wir nicht wollen: Krimis in Nullachtfünfzehn-Struktur, Romane voller stereotyper Figuren und den hundertsten Fantasy-Roman im Mittelalter-Setting. Wir übersetzen keine Lizenzgeschichten aus Amerika oder England, wir glauben an schöne und einzigartige Geschichten, die auch hier möglich sind.

Wir unterstützen deutschsprachige Bücher, dabei spielt die Nationalität des Autors/der Autorin keine Rolle! Der Panther steht für das Geheimnisvolle, das Kraftvolle und das Spannende einer Geschichte. Wir möchten die Leser*innen des Sixthkyu Verlags unterhalten, erfreuen und überraschen.

E-Mail: info@sixthkyu.com